Wussten Sie, dass eine Sonnenbrille auf den Augen mehr bringt als eine in den Haaren? Dass Bettwäsche nicht gemustert sein sollte, weil man sonst vom Schlafen abgelenkt wird? Und wussten Sie, dass Sarah Kuttners liebster Steven-Spielberg-Film der mit den zwei Typen ist, die ein Klavier durch die Tür tragen wollen, aber nicht raffen, dass man es quer nicht rein bekommt? Was muss man von der EU-Verfassung wissen? Was sind die besten Schuhe für den Sommer? Und vor allem: Was wird besser?

Sarah Kuttner kennt die Antwort auf alle Fragen, die Sie schon immer nicht wissen wollten: Ist Grillen Breitensport oder Brauchtum? Kann man in einem auf Ebay ersteigerten Erbseneintopf wirklich die Silhouette der Klitschko-Brüder nach dem Kampf erkennen? Stimmt es, dass in Berlin Bionadetrinken verboten ist, weil Getränkerecht Ländersache ist, und dass im vorteilhaften Nachttischlampenlicht sogar der Jahreswirtschaftsbericht schöner wird?

Mit einer Geschwindigkeit von 1000 words-per-Minute und nach den Regeln der Rechtsprechreform begibt sich Sarah Kuttner auf »Das oblatendünne Eis des halben Zweidrittelwissens«. Vertrauen Sie ihr!

Sarah Kuttner ist als überaus eloquente Moderatorin von »Sarah Kuttner – Die Show« (VIVA) und »Kuttner.« (MTV) zu einer Leitfigur der unter Dreißigjährigen geworden. Neben ihrer Fernseharbeit beantwortete sie zwei Jahre lang in der Süddeutschen Zeitung Fragen aller Art und schreibt Kolumnen für den Musikexpress.

Unsere Adresse im Internet: wwwfischerverlage.de
www.sarahkuttner.de

SARAH KUTTNER

DAS OBLATENDÜNNE EIS DES HALBEN ZWEIDRITTELWISSENS

KOLUMNEN

FISCHER
TASCHENBUCH
VERLAG

6. Auflage: Januar 2007

Originalausgabe
Veröffentlicht im Fischer Taschenbuch Verlag,
einem Unternehmen der S. Fischer Verlag GmbH,
Frankfurt am Main, April 2006

Satz: Pinkuin Satz- und Datentechnik, Berlin
Druck und Bindung: Clausen & Bosse, Leck
Printed in Germany
ISBN 978-3-596-17108-8

Für Eric, mein Lieblingstief

Ich sag immer: Keine Pasta ohne Soße.
Steffi Graf

Die SZ-Kolumnen

Warum spielt Hugh Grant nicht mal einen trunksüchtigen Fernfahrer?

Oder: Warum Bridget Jones, Ulrich Wickert, Colin Farell und Kölner Taxifahrer nicht lässig frieren können

Die klassische Einstiegsfrage: Soll man bei kaltem Wetter eine Mütze aufsetzen oder lässig sein und frieren?

Man kann nicht lässig frieren. Ebenso wenig wie man sexy was aus der Nase hängen haben oder im Dienste des Friedens Länder bombardieren kann. Insofern würde ich mich jederzeit behelmen, wenn es draußen kühlt. Überhaupt ist der Jahreszeit unangemessene Kleidung niemals cool – bestenfalls stur. Ich denke, nicht einmal Carl Barat, der komplett durchgecoolte Sänger der Libertines, kann lässig frieren. Obwohl ich es gerne einmal sähe.

Was sagst du zu Bridget Jones?

Die Kunstfigur an sich? Oder die Verkörperung durch Renée Zellweger? Beides grundsätzlich sympathisch. Habe den zweiten Film noch nicht gesehen, glaube aber nicht, dass die Welt noch einen weiteren Film braucht, in dem Hugh Grant in einem fort seine Stirn in kecke Falten legt und seinen »Ui, das ist aber mal 'ne unangenehme Situation«-Gesichtsausdruck überstülpt. Umso lieber sähen Milliarden begeisterter Kinogänger sicherlich Hugh Grant mal als trunksüchtigen Fernfahrer, sadistischen Kindertagesstättenleiter oder als Synchronstimme einer Kartoffel in einem Pixar-Film.

Wichtigste Frage vor Weihnachten: Glühwein – ja oder nein?

Bin konsequenter Nichttrinker. Insofern: nein. Andererseits finde ich allein schon den Anblick sich an Weihnachtsmarktverschlägen wärmender Glühweinkonsumenten leicht illuminierend. In der Redaktion habe ich allerdings erst mal Glühweintrinkerei, Duftkerzenabfackelei, Rentierreiten und andere vorweihnachtliche Eskapismen unter schwere Sanktionen gestellt. Wer's doch tut, kriegt dafür von mir als Strafe zu Weihnachten die DVD-Box mit Hugh Grants Lebenswerk geschenkt.

Ein Tipp für Uli Wickert?

Einfach mal aufstehen.

Colin Farell ...

... dem wiederum würde eine klassische Hugh-Grant-Rolle ganz gut bekommen: Ein verwirrter Bibliothekar, ein schusseliger Auto-Motor-Sport-Journalist, der lernen muss, Verantwortung zu übernehmen. Auch gern sähe ich ihn als Nachrichtensprecher, der es eines Tages satt hat und urplötzlich einfach aufsteht.

Was wird besser?

Werden Sachen tatsächlich besser, oder gewöhnt man sich nur an sie, wird also selbst schlechter? Knifflig. Fahren die Kölner Taxifahrer in letzter Zeit wirklich uneruptiver, oder hat sich nur mein Magen dem rheinischen Fahrfrohsinn angepasst? Besser man hält sich an Gutes, das konstant noch besser wird: David, meine Lieblingsfigur aus der TV-Serie »Six Feet Under« zum Beispiel. Der macht alles immer richtiger. Wir sollten alle ein bisschen mehr David sein.

Wo ein Bett steht, wird auch geschlafen

Sarah Kuttner über Folter bei der Bundeswehr, »Ocean's Twelve« und Neues von Adam Green

Muss man für »Ocean's Twelve« ins Kino?
Hier ein Handlungsabriss: George Clooney und Brad Pitt versuchen, ihre alte Tanzband Ocean's Twelve für einen Reunion-Auftritt bei einer Musiksenderfusionsfeier zusammenzutrommeln. Das Ganze stellt sich schwieriger dar, als zunächst angenommen – denn der ehemalige Sopransaxophonist (dargestellt von Julia Roberts in ihrer ersten männlichen Rolle) hat sein Sopransaxophon an den Nagel gehängt, weiß aber nicht mehr an welchen. Eine ebenso actionreiche wie charmante Loser-Komödie, die gekonnt mit Elementen des norwegischen Langweilerkinos spielt.

Angela Merkel und die CDU?
Kein guter Bandname. Dann doch lieber Dick Brave & The Backbeats. Oder Chris de Burgh und sein Umfeld. Hinzu kommt, dass die CDU momentan keine sonderlich verlässliche Backing-Band abzugeben scheint.

Winterpause?
Da gruselt's mir vor, da sich bei langen Pausen schnell eine heftige Langeweile meiner bemächtigt. Zum Glück ist die Pause ja mit Zwangsfeierlichkeiten voll gestopft, die zu ausgedehnten Vollstopfereien einladen. Meine Studioband

nimmt über die Feiertage am 3. großen Charity-Plastiktüten-Rodeln in Val Thorens teil. Als Favoriten gelten jedoch die Teams Ocean's Eleven und Angela Merkel.

Bei der Bundeswehr wird gefoltert ...
Wundert mich nicht, dass man da auf dumme Ideen kommt. Wenn an Orten Obrigkeitskult waltet und Strukturen der Schinderei und Drangsalierung herrschen, sollte man sich nicht wundern, wenn jemand ausrastet. Wenn man irgendwo ein Bett aufbaut, sollte man schließlich auch damit rechnen, dass sich da jemand zum Pennen reinlegt.

Beste Best-of-CD, die man an Weihnachten verschenken kann?
Gerade weil jetzt noch mal alles von Tina Turner und anderen zusammengekratzt wird, sollte man auf solcherlei allzu träge Geschenkjoker verzichten. Vielleicht eine selbst zusammengestellte CD: »2004 – ein Jahr in Music According to the Kuttner-Redaktion.« Eine flinke Umfrage führte zu folgendem Tracklisting: Mia »Hungriges Herz«, Keane »Everybody's Changing«, Moneybrother »Stormy Weather«, The Libertines »Last Post On The Bugle«, The Streets »Dry Your Eyes«, Virginia Jetzt! »Ein ganzer Sommer«, Ron Sexsmith »Whatever It Takes« – und dazwischen lesen Funny van Dannen und Horst Evers aus ihrem Werk.

Was wird besser?
Das im kommenden Jahr erscheinende neue Album meines akuten Lieblingssongwriters Adam Green, das schon jetzt akustisch mein Auto durchflutet. Zugegebenermaßen musste ich auf Erpressung und Einschüchterung zurückgreifen, um dieses Privileg genießen zu dürfen, aber, hey, es geht um Adam Green.

Allerdings: Die Platte hat nicht mehr ganz die federleichte Abgründigkeit von »Friends of Mine«, sondern klingt forcierter. Aber sie wird besser, ständig.

Getränkerecht ist Ländersache

Plörre, Politik
und Pupillen voller Amore

Yvonne Catterfeld und Wayne Carpendale sind das neue Traumpaar der Klatschpresse.

Ja, ich hörte davon. Und tatsächlich sehen die bestimmt auch super aus, wenn sie in ihren winterlichen Cashmere-Rollis zusammen den Weihnachtsbaum schmücken. Auch im Sommer dürften die Paar-technisch was hermachen, wenn sie stundenlang einen Kirschbaum umkreisend Fangen spielen; Verliebte machen so was ja.

Irgendwann sagt Wayne dann: »Boah, Yvonne, lass mal Pause machen mit dem Baumumkreisen, mir ist schon total heiß.« Und darauf sie, die Pupillen voller Amore: »Ist auch kein Wunder: Du Idiot hast ja immer noch deinen Weihnachts-Cashmere-Rolli an!«

Was machst du am 23. 12.: Harald Schmidt gucken?

Ich würde ja gerne behaupten, dass ich an diesem Abend zu einem total interessanten Nacktlesemarathon in der Volksbühne gehe, wo unglaublich interessante Off-Künstler Weihnachtsgedichte von noch interessanteren Off-Künstlern vorlesen. Aber … klar werde ich Schmidt gucken.

In Hamburg trinken gerade alle angesagten Menschen in allen angesagten Clubs Bionade. Muss das sein?

Komisch, in Köln trinken das nur unangesagte Leute in unangesagten Clubs. In Berlin wiederum ist die Plörre, glaub ich, verboten worden. Getränkerecht ist ja Ländersache. Ich bin eh wieder auf Alkohol, mir kann's wurscht sein.

Gehst du Skifahren?

Generell gehöre ich nicht zu jenen Menschen, bei denen sich im Fett verbrennenden oder Muskeln aufbauenden Zustand enorme Glücksgefühle einstellen. Bin eher begeisterter Sitzer. Auch machen Skilifte und Menschen mit albernen Mützen und klumpigen Schuhen nichts Aphrodisierendes mit mir.

»Hartz IV« ist zum Wort des Jahres gewählt worden.

Ich weiß nicht. »Hartz IV« ist ja noch nicht mal ein richtiges Wort. Ich persönlich hätte ja lieber »Brustmuskelablösung« gehabt. Oder »Bionade«.

Soll die Türkei der EU beitreten dürfen?

Ja. Zumindest – und darum geht's ja erst mal – sollte da schnell drüber gesprochen werden. Keine Ahnung, was in Brüssel von den Experten für Kriterien angelegt werden. Wahrscheinlich rechnet man Bruttoinlandsprodukt plus Länderspieltore geteilt durch Sehenswürdigkeiten minus Minderheitendrangsalierung.

Was wird besser?

Meine Seitenstrangangina, für die ich schon glaubte, als künftigem festen Lebensbestandteil Weihnachtsgeschenke kaufen zu müssen.

Auf der Abschussrampe für gute Vorsätze

Sarah Kuttner blickt voraus:
auf Silvester und
ein spannendes neues Jahr

Silvester schon geplant?
Wird wohl in Köln stattfinden. Ich glaube, dort huldigt man dem ulkigen Brauch, verkleidet und mit riesigen Pappwagen durch die Stadt zu fahren und den Leuten Bonbons an die Rübe zu werfen. Oder war das Erntedank? Ich verkleide mich jedenfalls als das Jahr 2005.

Gute Vorsätze für 2005 oder alles wie bisher?
Grundsätzlich verfolge ich den Plan, 2005 möglichst 2006esk anzugehen. Davon abgesehen halte ich den am schwersten zu gestaltenden Tag des Jahres aber für äußerst ungeeignet, um ihn als Abschussrampe für gute Vorsätze zu nutzen. Lieber kurzfristig denken und einigermaßen würdevoll durch den Abend kommen.

Dein Lieblingsminister in Berlin?
Ganz klar: Struck. Mir gefällt dieses unglaublich Stumpfe. Scharping hatte das ja auch schon. Aber bei Struck kommt noch diese Keinen-Bock-auf-Mucken-Attitüde dazu. In Zeiten, wo sich selbst Politiker für Stand-up-Comedians halten, finde ich so etwas sehr angenehm. Ich glaube, Verteidigungsminister werden in aufwendigen Seminaren im Hunsrück gezielt abgestumpft, das ist 'ne ganz professionelle Angelegenheit.

Die Vierschanzentournee beginnt. Was muss man übers Skispringen wissen?

Dass man hier nach Sexyness vergeblich Ausschau hält. Da können unsere tapferen Skispringer sich noch so steil in den Himmel erigieren – das lüsterne Auge wird hier nicht zum freudigen Tränen gebracht. Nein, Skispringen löst bei mir einen sofortigen Umschaltimpuls aus. Es deprimiert mich noch mehr als medizinische Fachformate, die über Hirnoperationen berichten, oder die Vorstellung, mit Struck und Scharping Silvester zu feiern. Ich gucke lieber Springreiten oder sonst was Versautes.

Im Kino geht es um Zombies (»Shaun of the Dead«) und Marionetten (»Team America«). Hingehen?

»Shaun Of The Dead« soll ja gut sein. Aber Zombies hatte ich letztes Jahr schon genug im Kino (siehe alles mit Tom Hanks). Und im realen Leben laufen die ja auch reichlich rum (siehe Teile des SPD-Kabinetts). Der Jahreswechsel eignet sich darüber hinaus auch ohnehin besser dazu, im Verlauf des Jahres versäumte Filme nachzuholen.

Beste Musik für den Jahreswechsel?

Silvesterpartymusik ist Funktionsmucke, das muss man ganz klar so sehen. Viele Menschen kommen mit liebevoll selbst gebrannten CDs zu Silvesterpartys gelatscht und sind dann enttäuscht, wenn ihre Compilation namens »Die besten Knatsch- und Heul-Songs 2004« nicht so recht den Tanzboden zu rocken vermag. Trotzdem: Wenn irgendwo was von Moneybrother läuft, werde ich dazu gerne enthusiastisch meine Faust emporrecken.

Was wird besser?

2005. Ist mir so zugesichert worden, ich glaub das.

Eine Frisur wie eine Raumsonde

Warum Schnappi per öffentlichem Personennahverkehr auf fremde Planeten geschickt werden muss

Die europäische Weltraumagentur hat die Sonde Huygens auf den Saturn geschickt. Interessierst du dich für so was?
Sehr. Sieht man ja schon an meiner Frisur, die eindeutig der Sonde Huygens nachempfunden ist. Ansonsten finde ich aber, dass es eine Menge Sachen gibt, die wesentlich dringender auf fremde Planeten geschickt werden sollten. Schnappi, das kleine Krokodil, zum Beispiel.

Schuhe ausziehen bei Freunden?
Sofern es mir die eigene Kommodität nicht gebietet, ziehe ich bei Freunden erst mal gar nichts aus. Nennt der Freund jedoch einen Perserteppich sein Eigen, würde ich mich zwar kurz fragen, warum in aller Welt ich Freunde mit Perserteppich habe und warum sie den Perserteppich »sein Eigen« nennen und nicht einfach »Perserteppich«, danach aber demutsvoll die Schuhe ausziehen.

Die Grünen werden 25.
Ein kleines Übel feiert, da kann man schon gratulieren. Wer 25 Jahre lang unter lautem Zähneknirschen das Wort »Kompromiss« hat buchstabieren lernen müssen, dem gönne ich eine zünftige Feier mit fair gehandeltem Knabbergebäck und BAP auf der Festtagsbühne.

In welcher Stadt gibt es den schönsten Öffentlichen Personennahverkehr?
Schöner Personennahverkehr? Ich weiß nur, wo es die schönsten Menschen im Öffentlichen Personennahverkehr gibt: in Rom. Allerdings sitzen die in ziemlich schäbigen orangefarbenen Bussen rum.

Kannst du ein Konzert empfehlen?
Mit Konzerten verhält es sich bei mir ähnlich wie mit öffentlichem Personennahverkehr: Ich bin dort eher selten anzutreffen. Musik ist mir durchaus wichtig und stellt in vielen Lebenssituationen eine tolle emotionale Gelenkschmiere dar. Allerdings muss ich deswegen nicht Musikern anderthalb Stunden beim Verrichten ihrer Arbeit zugucken, mir wird da einfach schnell langweilig. Da sitze ich lieber bei Freunden auf dem Perserteppich und lasse mich dort beschallen.

Was wird besser?
Schwierig in Zeiten, in denen es vor medialer Widerwärtigkeit mal wieder nur so aus dem Fernseher schleimt. Oder anders gesagt: Die derzeitige Berichterstattung über die Flutkatastrophe verstellt in ihrer penetrant-widerlichen Kotzbeuteligkeit den Blick auf einiges, was sich vielleicht gerade bessern mag. Braucht ein hanebüchener RTL-Bericht über die Ausmaße der Katastrophe tatsächlich Zeitlupen und unterlegte Synthie-Streicher? Muss eine frisch in den Big-Brother-Container eingelieferte Dumpfnudel, die sich zum Unglückszeitpunkt vor Ort aufhielt, tatsächlich einen weiteren sinnlosen Augenzeugenbericht abliefern? Ich glaube, in einer Welt, in der die Anteilnahme von Menschen noch durch Zeitlupen und Synthie-Geigen potenziert werden muss, wird gerade nicht allzu viel besser.

14

Das baldige Wiedersehen mit Christian Ulmen

Die Woche mit George W. Bush
im Vorprogramm und
Lukas Hilbert hinter einer Wand

In Köln beginnt die internationale Möbelmesse. Worauf sitzt du am liebsten?

Bin der festen Überzeugung, dass bestimmte Dinge im Sitzen einfach anmutiger wirken. Den Trend, klassische Sitzverrichtungen ins Stehen zu verlegen (Kaffeetrinken, Essen … äh … Sitzfußball) kritisiere ich hiermit scharf. Auch gibt es Menschen, die im Sitzen einfach besser aussehen, zum Beispiel Lukas Hilbert. Vor allem, wenn eine Betonwand die Sicht auf den sitzenden Herrn Hilbert verstellt. Was Stühle anbelangt, bin ich leidenschaftslos, rückenlehnenlose Möbel sind mir allerdings suspekt.

Hier Möbel-, dort Landwirtschaftsmesse? Ist das typisch für Köln und Berlin?

Typisch für Köln wäre wohl eher eine Karnevalsmesse, auf der die irren Kostüme der kommenden Saison vorgestellt werden. Vielleicht mit einer Extra-Halle für homosexuellen Karnevalsbedarf: Elton-John-Perücken und so. Die Landwirtschaftsmesse ist schon typisch für Berlin, stellt sie doch nach der etwas mauen letztjährigen Popkomm und der eingestellten Loveparade den letzten großen hedonistischen Powerevent für glamoursüchtiges Partyvolk dar.

Am 20. 1. wird George W. Bush vereidigt.
Und darf noch eine Legislaturperiode lang das Vorprogramm für Hillary Clinton bestreiten.

Sollte man eine Bierflasche mit einem Feuerzeug öffnen können?
Nein, ich halte das für überbewertet. Wenn einer eine Bierflasche mit dem Auge aufkriegt, dann ist das sicherlich ein Hingucker, trägt einen aber auch nicht lange durch die Nacht. Ich fände es begrüßenswert, wenn Jungs und Mädchen, anstatt zu Hause auf ihren von Mama und Papa für sie teuer erstandenen Jugend-Möbeln das Öffnen von Bierflaschen zu üben, lieber für das Latinum der Liebe büffeln würden. Sie könnten sich auch auf der Landwirtschaftsmesse an einem Traktor festketten, um gegen Lukas Hilbert oder doofe Möbel zu protestieren.

Was wird das Unwort des Jahres?
Da haben meine putzige Redaktion und ich letztes Jahr schon eine Sendung drüber gemacht. Wir konnten uns damals nicht ganz zwischen Brustmuskelablösung, Beherrschungsvertrag und Deutschquote entscheiden. Ich bin dringend dafür, künftig auch Un-Phrasen zu brandmarken. Hier ein paar Vorschläge: »Der/die/das kann was«, »Schlagmichtot/Schießmichtot/Hastenichtgesehn«.

Bestes Fastfood-Essen für »auf die Hand«?
Siehe die Sitzmöbelfrage. Der Wahn, alles »to go« haben zu wollen, ist ja längst auch auf den Kaffee- und den Printmarkt übergeschwappt. Es mehren sich allerdings die Stimmen warnender Verkehrsexperten, die prognostizieren, dass bei anhaltendem to go- und Auf-die-Hand-Wahn immer mehr Fußgänger auf Staatskosten von Laternenmasten abgekratzt werden müssen.

Was wird besser?

Nachdem bei »Mein dicker peinlicher Verlobter« eine hübsche TV-Idee komplett auf Ballermann-Niveau vergeigt wurde, wollte ich an dieser Stelle eigentlich dem begnadet unerschrockenen Christian Ulmen zu seiner wesentlich mutigeren Variante »Mein neuer Freund« gratulieren. Es war eine Wonne, ihn nach längerer Abstinenz wieder zu sehen. Aber Pro Sieben setzte die Sendung vergangene Woche ab. Wegen der Quote. Es ist also mal wieder so 'ne Sache mit der Besserwerderei. Hoffe trotzdem dringend auf ein baldiges Wiedersehen mit Christian Ulmen.

Vorteilhaftes Nachttischlampenlicht

Bei Harald Schmidt und Anke Engelke in der Besucherritze

Rudolf Moshammer ist ermordet worden. Zu diesem Thema ist alles gesagt, oder?

Ja.

Paul Newman wird diese Woche 80.

Paul Newman ist eine Fahrt auf einem Fahrrad. Wer jemals gesehen hat, wie Paul Newman in »Butch Cassidy & The Sundance Kid« versucht, zu den Klängen von Burt Bacharachs »Raindrops Keep Falling On My Head« Katherine Ross mit Fahrradkunststücken zu beeindrucken, weiß, was ich meine. Toller Typ, herzlichen Glückwunsch!

Was hörst du zur Zeit: Tocotronic, Bright Eyes oder Adam Green?

Ich genieße derzeit das Privileg, schon anderthalb Monate vor Erscheinen die neue Moneybrother-Platte hören zu dürfen. Klingt wie Weihnachten im Grand Canyon und sollte von allen netten Menschen mindestens zweimal besessen werden. Von den Genannten höre ich Adam Green. Bei Tocotronic gefällt mir der Ansatz, verstärkt auf Unvernunft und Gefährlichkeit zu setzen, und ihr Mut, an jeder Weggabelung die anstrengende Route zu wählen. Musikalisch ist mir die Platte auf den ersten Eindruck etwas zu brockig. Brockig, nicht rockig.

Rock oder Hose?

Warum sollte hier eine Grundsatzentscheidung gefällt werden? Beides vermag den Körper elegant zu umschmeicheln. Verzichtet werden sollte allerdings auf blödsinnige Quatschvarianten beider Kleidungsstücke. Zum Beispiel gehören Miss-Sixty-Hosen ohne Taschen am Hintern eher in den Hintern, als dass sie diesen bedecken sollten.

Am 26. Januar wird der Jahreswirtschaftsbericht vorgestellt. Interessiert dich, wie es der Wirtschaft geht?

Ja, wobei hier wohl nicht mit einer funkensprühenden Überraschungsrevue zu rechnen sein wird. Der Jahresbericht wird von ähnlicher Finsternis geprägt sein, wie das Innere meiner Hosentasche, woraufhin wieder das zuletzt etwas verstummte Jammern hereinbrechen wird. Aber – noch schlimmer: Es werden sich auch wieder Menschen vor TV-Mikrophonen versammeln, die in selbige wieder und wieder die letztjährige Nerv-Phrase Nummer 1 hineinnölen werden: »Hierzulande wird auf sehr hohem Niveau gejammert.«

In Berlin kommt jetzt wieder die so genannte Nacht der Museen. Das gibt es auch in anderen Städten. Muss man sich das antun: nachts ins Museum?

Na ja, die Nacht ummantelt ja bekanntlich alles mit einer Aura des Geheimnisvollen. Selbst vertraute Bettgefährten sehen im fahlen Licht plötzlich enorm charismatisch aus, zumindest, wenn man die Nachttischlampe in eine vorteilhafte Position dreht. Generell sollte man bestimmte, eigentlich dem Tage vorbehaltene Aktivitäten ruhig mal nachts verrichten: etwa einfach mal um vier Uhr früh seine Eltern anrufen und sagen, dass alles okay ist. Oder man macht eine schöne Nachtwanderung entlang der Mosel.

Die Museumsnummer ist aber, da ich auch am Tage selten in Museen anzutreffen bin, für mich eher uninteressant. Ist mir auch entschieden zu eventig.

In der neuen Helmut-Dietl-Komödie »Vom Suchen und Finden der Liebe« spielen nicht nur Moritz Bleibtreu und Alexandra Maria Lara mit. Auch Harald Schmidt und Anke Engelke sind dabei.

Nein, in diesem Film wird man mich nicht antreffen. Dann schon eher nachts im Museum, mit einem Schnaps in der Hand, asiatische Glasbläsereien bestaunend. Irgendwie riecht das schon wieder nach dem üblichen deutschen Großfilmproduktionsproblem: Alles und jeder wird rangekarrt und in ein überironisches Schaulaufen gequetscht. Und eine Bettszene zwischen Anke Engelke und Harald Schmidt mufft – bei aller Sympathie für die beiden Bettlägerigen – nach ausgedachtester Injoke-Geilheit.

Was wird besser?

Inmitten aller präsidialen Amtseinführungen, Iran-Eroberungsplänen, Hartz IV-Massenumzügen etc. kommt man sich einigermaßen zynisch vor, wenn man Kleinstverbesserungen beklatscht. Leichter ist es zu sagen, was dringend besser werden sollte. Dazu beim nächsten Mal mehr.

Glaub an deinen eigenen Umhang

Tipps fürs Lachen, Läuten, Lustigsein

Jetzt nachgefragt: Was soll besser werden?
97 Prozent der deutschen Lustigkeitsschaffenden, allgemein auch Comedians geheißen. Können Helge Schneider, Horst Evers und Studio Braun nicht Humor-Seminare anbieten? Nein, können sie natürlich nicht, und genau deswegen knallen eben jene Genannten ja auch aus der allgemeinen Pointen-Bräsigkeit raus. Am schlimmsten sind hiesige Comedians ja, wenn sie als Gast in irgendwelchen Shows rumsitzen und als Antwort auf eine Frage hemmungslos auswendig gelernte Parts aus ihrem aktuellen Programm abspulen. Bitte sein lassen!

Was sollte jeder für sich tun, damit es besser wird?
An sich glauben. Die netten Leute zumindest. Und wenn man dann noch die doofen Leute überredet kriegt, auch an die netten Leute zu glauben, müsste es ja einigermaßen hinkommen. Da die doofen Leute aber zu diesem Schritt nie bereit sein werden, muss man zu anderen Mitteln greifen, um die Doofen davon abzuhalten, ebenfalls an sich zu glauben. Vielleicht eine Anastacia-Platte auflegen, das lenkt die Doofen ab.

Dein Lieblingsbrauch zur närrischen Zeit?
Verreisen. Alle anderen Bräuche erschließen sich mir nicht. Feiern zu grotesker volkstümlicher Musik, unverlangtes Kussverteilen, Leuten Bonbons an die Birne werfen, als Wurstbrot verkleidet rumlaufen – nö.

Ein Buchtipp für diese Woche?
Komme mit Neuveröffentlichungen gerade nicht nach, huldige aber immer noch Heinz Strunks großartigem autobiographischem Roman »Fleisch ist mein Gemüse«. Verspreche mir ansonsten viel von »Du und wie viele von deinen Freunden« von Astrid Vits – eine Interviewsammlung mit (fast) allen hiesigen Bands, die aus Fan-Perspektive einen sehr guten Überblick über deutsche Bands der letzten 10 Jahre liefern soll.

Welcher Klingelton erklingt, wenn man an deinem Handy anruft?
Keiner. Es quakt ein relativ dezenter Frosch aus dem Nokia-Repertoire. Man sollte sowieso davon absehen, sein Persönlichkeitsprofil über einen Klingelton zu demonstrieren und lieber auf, sagen wir, originell geschnittene Umhänge mit persönlichem Wappen hinten drauf setzen. Und wenn man schon den persönlichen Klingelton als Ausgangspunkt nehmen möchte: Viel schöner wäre es, wenn jeder Mensch eine eigene Musik, einen eigenen Jingle hätte, der immer dann ertönte, wenn er oder sie den Raum betritt. Vielleicht schafft das ja auch Arbeitsplätze für Individual-Jingle-Komponisten.

Nach Fasching beginnt die Fastenzeit. Wer oder was sollte mal fasten?
Nur zu gerne würde ich Claudia Roth von den Grünen mal zum Verbalfasten schicken. Und Franz Josef Wagner von

der Bild möchte ich einen dringenden Schreibmaschinenverzicht von mindestens 247 Jahren nahe legen.

Was wird besser?

Der Humor der Grünen. Trotz Claudia Roth. Bislang erschöpfte sich der Unterhaltungswert von Fischer, Trittin etc. ja vor allem in massiver Gesichtszerknautschung (Fischer) und Behaarungsexperimenten (Trittin). Diese Woche aber ist ihnen eine hübsche Formulierung gelungen. Anlässlich der FDP-These, in Deutschland würden zu wenige Akademikerinnen Kinder bekommen, bezeichneten die Grünen die FDP als »Die Partei der Bessergebärenden«. Das ist zwar humoristisch gesehen nur ein Anfang, aber er ist gemacht.

Das bestgelaunte Volk der Welt

Sarah Kuttner weiß:
Von den Dänen lernen heißt
Tina Turner kennen lernen

Seit 1. Februar gibt es die neue Führerscheinklasse S. Mit ihr können bereits 16-Jährige so genannte Leichtkraftfahrzeuge steuern. Muss das sein?
Nein. Ich glaube, wer sich mit einem solchen Leichtkraftfahrzeug auf die Verkehrsboulevards traut, gilt in Freundeskreisen bald als armer Horst.

Am Faschingsdienstag wird in Dänemark gewählt.
Na ja, das kann man entspannt sehen. Umgekehrt wär's anstrengender: wenn in Dänemark fröhlich dem alkoholisierten Extrem-Brauchtum gehuldigt würde und hier am Dienstag Wahl wäre. Dann würde die CDU vermutlich wegen unzureichender Mannschaftsaufstellung disqualifiziert. Und zwar vom bösen bösen Arschloch-Schiedsrichter (»Deutschlands meistgehasster Mann«, wie die Bunte schrieb).

Was muss man über Dänemark wissen?
Erst letzte Woche las ich, die Dänen seien das glücklichste Volk der Welt. Das sei ihnen von Herzen gegönnt. Warum das so ist, weiß ich nicht mehr. Vielleicht weil die Dänen den ganzen Tag Dogma-Filme drehen und dort kathartisch alle finsteren Gedanken und Befindlichkeiten ausleben. Vielleicht sollten wir alle mehr Dogma-Filme drehen, dann

wäre unser Leben im Ausgleich besser geschnitten und mit Musik unterlegt.

Am Aschermittwoch wird der Fernsehpreis »Die Goldene Kamera« verliehen. Im Fernsehen ist das Ganze am Sonntag zu sehen. Angucken?

Preisverleihungen haben ja eine vollkommen eigene Logik, auf die es sich einzulassen gilt. Vor allem deutsche Verleihungen, da hier Preise an internationale Künstler nur vergeben werden, weil sie sowieso gerade in der Gegend sind (»Hey, Leute, wir könnten David Hasselhoff kriegen, der macht im Februar Promo für ein vegetarisches Kochbuch, wär' der nicht was für die Kategorie Lebenswerk?«). Dieses Jahr bekommt beispielsweise Tina Turner eine Trophäe in der Kategorie »Pop international«. Eine unkonventionelle Entscheidung, die von Mut und Weitsicht der Jury kündet, zumal Chris de Burgh und Joe Cocker nicht konnten. Lohnend ist die Show aber auch allein aufgrund der Kategorie »Bestgelauntes Volk der Welt«. Gewinner sind die bereits erwähnten Dänen, die den Preis kollektiv abholen. Das wird für ordentlich Remmidemmi im Backstagebereich (»Frau Turner, darf ich vorstellen: die Dänen; verehrte Dänen: Frau Turner«) und ein tolles Schlussbild auf der Bühne sorgen. Also: angucken.

Was ist besser – im Fernsehen angucken oder live dabei sein?

Man sollte als TV-Zuschauer keinen Neid hinsichtlich der im Publikum sitzenden Veranstaltungsbeiwohner entwickeln. Preisverleihungen sind eine noch härtere Belastungsprobe fürs Gesäß als ein Filmfestival »Best of Danish Cinema« im Programmkino Ihres Vertrauens. Vor allem, wenn das Management von Tina Turner beschließt, dass der soeben dargebotene Auftritt der beliebten Rockröhre sicherlich beim zweiten Durchlauf noch besser werden wird.

Diese Woche startet auch wieder die Berlinale. Was bedeutet das?

Das bedeutet, dass ich nach dem Kölner Karneval jetzt den Berliner Event-Karneval ausbaden darf. Zahllose ukrainische Filmregisseure werden mir die Parkplätze vor der Nase wegschnappen. Allerdings wird meine fünfstündige Rede bei der Diskussion zum Thema »Dänisches Kino und amerikanische Rockröhren« sicherlich ein voller Erfolg werden. Danach spielt Chris de Burgh.

Diese Woche werden alle Medien über Kourou berichten. Das ist ein Ort in Französisch-Guyana, wo am Freitag eine Ariane-Träger-Rakete ins All startet.

Täusche ich mich – oder wird gerade wieder allerhand Krempel ins All geschossen? Soll'n die aber ruhig machen. Vielleicht finden sich da oben tolle Austragungsorte für Preisverleihungen. Ansonsten wünsche ich den Einwohnern von Kourou, dass der Abschuss ihnen einen nachhaltigen Tourismus-Boom beschert.

Harry und Stiller

Und warum Mensa-Essen doch erträglich sein kann

Es ist Valentinstag. Ein Wort zur Liebe.
Weiterarbeiten!

In Schleswig-Holstein wird gewählt. Wer soll gewinnen: Heide Simonis oder Peter-Harry Carstens?
Schwierig. Sie hat enorme Erfahrungen im Schuldenauftürmen, was im Vorfeld der Bundesschuldenauftürm-Meisterschaften natürlich für Respekt sorgen dürfte. Er wiederum hat einen Vornamen, mit dem man aus jedem Wettbewerb zum Thema »Eigenartige Vornamens-Kombinationen« siegreich hervorgehen müsste.

Kantinen- und Mensa-Essen ist unerträglich. Oder?
Sicherlich streift manches dann und wann den Bereich des Psychedelisch-Grotesken, auch ich bin kein Freund von Experimental-Gerichten wie Muskelfleisch an kalten Riesenkartoffeln mit was Drittem, das man nicht erkennt. Pauschalisierungen liegen mir hier aber fern. Kürzlich sah ich eine packende Doku über eine Kölner Kantine, wo rechtschaffen gerührt und geschnippelt wurde.

Diese Woche startet »Meine Frau, ihre Schwiegereltern und ich«. Soll man sich den Familienfilm mit Ben Stiller und Robert De Niro anschauen?

Ich war erst vorgestern in dem Berliner Hochhaus-Schocker »Meine Maske, die Stifte, ihr Radiergummi, mein Block und ich«. Guter Film, auch wenn der Anfang am Ende sehr vorhersehbar ist. Zum Stiller-Film: Ich finde Komödien schwierig, weil ich mir blöd vorkomme, wenn ich ohne eine Miene zu verziehen im Kino sitze, während sich um mich herum Menschen vor lauter Lachen in ihrem eigenen Urin wälzen. Von allen US-Filmkomikern ist Ben Stiller aber mit Abstand der beste.

Ebay führt ab dem 18. Februar eine neue Gebührenstruktur ein. Interessiert dich das? Versteigerst du selbst im Internet?

Ich ersteigere dann und wann. Zuletzt erhielt ich für nur 15 Euro den Zuschlag für ein Mensaessen aus Duisburg, in dem man angeblich die Silhouette von Heide Simonis erkennen kann. Vielleicht ist beim Transport etwas kaputtgegangen, beim Auspacken stellte sich das Ganze als schnöder Erbseneintopf heraus, in dem man bestenfalls die Silhouette von den zusammengeschlagenen Klitschko-Brüdern erkennen konnte.

Kuckuck zum Abi

Der Trend geht
zur Umhängeuhr

George W. Bush kommt in dieser Woche nach Deutschland.

Wie man hört, möchte George W. Bush nach längerer SMS-Stille ja wieder an vergangene Kuschelzeiten anknüpfen – sehr schön. Schön wäre es auch, wenn sich bei den (absolut sinnvollen) Gegendemonstrationen stumpfe Pauschal-Anti-Amerikanismen in Grenzen halten würden. Auch das haben wir Herrn Bushs demagogischem Alter Ego Michael Moore zu verdanken: die Ablehnung gegenüber George Bush wird immer unorigineller und einfallsloser. Ich persönlich werde mich vermutlich eine halbe Stunde lang an einem Starbucks-Frappuccino festketten; danach werde ich allerdings sogleich zur nächsten Buchhandlung reiten, um dort einen Michael-Moore-Pappaufsteller anzuspucken.

Wofür braucht man noch eine Armbanduhr? Handys sagen doch die Zeit.

Ich selbst habe keine Armbanduhr. Trotzdem: Der sich der Zeit versichernde Blick aufs Handy ist unsexy, wohingegen der Blick auf die Armbanduhr bei einem Herrn in den besten Jahren schon begeistern kann, vor allem, wenn dem Blick jene lässige, die Jacke hochschüttelnde Armbewegung vorausgeht. Ich glaube aber, dass der Trend in Richtung Umhängeuhren geht (gerne auch mit Kuckuck vorı rauscoming).

Am Sonntag ist die Oscar-Verleihung. Wie heißen deine Favoriten?

Der Oscar ist ein fragwürdiger Indikator für Qualität (s. auch Grammy, Echo, ADAC Motorwelt Jahrescharts etc. pp.). Insofern lässt es mich kalt, wer am Sonntag mit Statuen vollgeworfen wird. Ich hoffe einfach mal, dass der soeben von mir gesehene, 7-fach nominierte Johnny-Depp-Langweiler »Wenn Träume fliegen lernen« nicht zu reich belohnt wird. Der Film ist nämlich ein ziemlich ärgerlicher Widerspruch in sich, da er von der Wichtigkeit von Phantasie, Träumerei handeln will, dabei aber durch und durch piefig und einfallslos ist.

Die Schwarzwald-Klinik kommt wieder ins Fernsehen. Muss das sein?

Na ja. Wenn ein Grundbedürfnis nach im Wald angesiedelten Chirurgen-Soaps besteht, sollte dieses auch befriedigt werden dürfen. Gespannt darf man sein, ob inhaltliche Verjüngungen oder andere Ranschmeißereien an den Zeitgeist auszumachen sein werden: SMS-süchtige Zivis, rappende Ärzte usw. Wenn die Schwarzwaldklinik aber tatsächlich die erste wiedervereinigte TV Serie ist, hat das Ganze zumindest historischen Wert.

In dieser Woche ist Champions-League. Bayern München spielt gegen Arsenal London. Welche Stadt gefällt dir besser?

München nicht zu mögen ist ja in etwa so originell wie mit einem »George Bush – go into the Schwarzwaldklinik, bitte«-Transparent vor der amerikanischen Botschaft zu demonstrieren. Außerdem kommen mindestens zwei gute

Freunde von mir aus der Kante, insofern werde ich mich nicht zu einem simplen Bashing hinreißen lassen. – Aber natürlich tendiere ich eher zu London, wo ich immerhin mal ein komplettes Jahr meines Daseins fristen durfte. Wobei zu bedenken ist, dass sich viele britische Originalitätsfetischisten und Hauptstadt-Abgrenzungssüchtige eher freiwillig in die Hände des Schwarzwälder Anästhesie-Teams begeben würden, als in die verhasste Hauptstadt zu ziehen.

Und sportlich?
… bin ich raus.

Welches Motto würdest du wählen, wenn du in diesem Jahr Abi machen würdest?
»Abi 2005 – 6 Jahre zu spät, aber immerhin.« Oder: »Abi 2005 – ich konnt' nicht früher.«

»Das Lama aus Yokohama«

Warum es keine peinlichen Lieblingslieder geben sollte

Du hast deine Lieblingsbands nach Berlin eingeladen. Wie reagieren Adam Green oder Mando Diao, wenn man ihnen sagt: »Ihr seid meine Lieblingsband«?
Adam Green meinte: »Actually, I'm not a band, but if I can say the word ›vagina‹, everything's alright with me.« Er sagte dann noch was davon, dass er meine Platten auch ganz okay fände, vor allem die letzte: Sarah Kuttner Sings Songs Containing the Word ›vagina‹ or at least ›crackwhore‹.

Und wenn du selbst eingeladen bist? Viele halten es für schick, bei Partys erst möglichst spät zu erscheinen. Wann kreuzt du normalerweise auf?
Ich neige zum Gar-nicht-Aufkreuzen, da mir der Muff meiner Wohnung angenehmer ist als das Trockeneis-geschwängerte Odeur hipper Rumstehclubs. Wenn, dann komme ich eher früh, um eine Rechtfertigung zu haben, mich bald wieder verabschieden zu dürfen.

Das Handy von Paris Hilton ist angeblich gehackt worden? Welche Fotos und anderen privaten Informationen würde man auf deinem Handy finden?
Hübsches Material, aber nichts, was Sarah Kuttner, die Moderatorin, Stabhochspringerin und Chansonsängerin, in einem gänzlich neuen Licht zeigen würde. Es finden sich

dort zum Beispiel Bilder, auf denen ich die ganze Visage mit Zahnreinigungsstäbchen voll hängen habe oder krankheitsbedingt meine Nase auf die doppelte Größe meines gesamten Kopfes angeschwollen ist. Aber auch für diese Sub-Bereiche des Fetisch-Sex wird es sicher Interessenten geben.

Hast du die Handy-Nummer von Adam Green?
Ja. Die von Axel Schulz auch.

Wie planst du deine Termine: mit einem Papier-Kalender oder mit einem Handheld-Computer?
Ersteres.

Was ist die beste Art, unterwegs Musik zu hören? MP3-Player? iPod? Handy? Autoradio?
Sosehr ich mich privat an meinem iPod erfreue, wirkt es ungleich stilvoller, sich älterer, weniger hipper Geräte zu bedienen. Apple hat dieses Bedürfnis erkannt und bietet aus diesem Grund ab Sommer eine altertümliche Holzverkleidung für den iPod an, da werde ich dann vermutlich zuschlagen.

Für welches Lied auf deinem iPod schämst du dich am meisten?
Diese Diskussion habe ich noch nie verstanden, das peinlichste Lieblingslied und so weiter. Ich mach's mir da lieber einfach: Entweder ich mag einen Song oder eben nicht. Alles andere ist unentspannter Szene-höriger Quatsch, auf den sich heute bestenfalls noch 15-jährige Minimal-Elektronik-Hörer einlassen können, ohne wie kindische Abgrenzungsfetischisten zu wirken. Wenn zum Beispiel ein Mensch seine innere Ausgeglichenheit aus der Freude bezieht, die ihm nach wie vor »Schni-Schna-Schnappi«, »Das

Lama aus Yokohama« oder »Der Affe in der Karaffe« bereitet, dann ist das gut und in keinster Weise arrogant abwatschenswert.

Deadpan-Technik

Sarah mag Bill Murray

Am Wochenende war die Kuttner-on-Ice-Show in Berlin. Wie vermeidet man nach einem solchen Fest einen Kater?

Nicht trinken! Klingt verrückt, aber es hilft tatsächlich. Ansonsten hilft es auch, wenn man es unterlässt, sich harte Gegenstände gegen den Kopf zu hauen und – sofern man es im Rahmen eines gelungenen Events für unerlässlich hält, sich harte Gegenstände gegen den Kopf zu hauen – vorher einen Helm anlegt. Die Typen von Mando Diao beispielweise haben backstage alle Helme getragen.

Typisch für die neue Generation aufstrebender Gitarrenrocker: auf der Bühne voll den Larry raushängen lassen, aber hinter der Bühne behelmt rumlaufen.

Warum haben wir eigentlich noch gar nicht über Joschka Fischer und seine Visa-Probleme gesprochen?

Haben wir doch letztens. Ihr meintet: »Sarah, was sagste eigentlich zu Joschka Fischer?« Darauf ich: »Finde es auch unfair, dass man Fischer aufgrund eines abgelaufenen Visums nicht mehr aus dem Toscana-Urlaub zurück ins Land einreisen lässt.« Darauf meintet ihr irgendwas von wegen, ich hätte wohl nicht ganz verstanden, worum es hier geht. – Das Problem bei der Fischer-Debatte ist, dass ich eigentlich eine Wir-wollen-doch-mal-alles-nicht-soverkniffen-sehn-Attitüde durch die Welt schleppe, die bei politischen Debatten aber selten geschätzt wird. Da springt einem dann immer sofort irgendein Auskenner auskennerisch ins Gesicht und brüllt mit Schaum vorm Gesicht irgendwas von »Verantwortungslosigkeit«, »Wenn das alle machen würden«, »Skandal« usw. Mir fehlt in solchen Fällen eindeutig die Leidenschaft zur Empörung.

Bill Murray kommt am Donnerstag als Tiefseetaucher Steve Zissou ins Kino. Angucken?

Ein Freund von mir hat in der Küche ein Bill-Murray-Foto hängen, auf dem dieser ein T-Shirt mit der Aufschrift »Never Question Authority« unter seinem typischen Bill-Murray-Gesicht trägt. Er findet allein dieses Foto schon so komisch, dass er täglich mehrfach vor diesem Bild in hysterisches Gelächter ausbricht. – Tatsächlich ist Bill Murray eine äußerst angenehme komische Erscheinung, was wohl auch daran liegt, dass er die Deadpan-Technik (absolute Gesichtskontrolle beim Darbieten von Lustigkeiten) perfektioniert hat und stets von einer gewissen tragischen Aura ummantelt ist. Von daher – alles mit Bill Murray ruhig angucken, der ist'n Guter!

Warum ist Bill Murray entspannter als Joschka Fischer?

Liegt vielleicht daran, dass Fischer besagte Deadpan-Technik nicht zu nutzen weiß. Vielleicht aber auch nur daran, dass Fischer Deutscher ist, also einem Volk zugehörig, dass sich allenfalls dann in entspannte Zustände versetzen lässt, wenn entweder Gottschalk, Jauch, Otti Fischer oder alle drei gleichzeitig aufkreuzen. – Habe letztens über Bill Murray gelesen, dass es ihm vor allem deshalb so gut gehe, weil niemand in Hollywood seine Telefonnummer hätte. Das klingt schlüssig. Vielleicht sollte sich Joschka Fischer zwecks Stressvermeidung am Telefon öfters verleugnen lassen (»Sorry, Joschka kann nicht ans Telefon, der hört gerade die ganzen wieder veröffentlichten Rio-Reiser-CDs durch, und danach muss er mit Gottschalk, Jauch und Otti F. zum Entspannungskegeln«).

Hilft dir T9 beim SMS-Tippen?

Oh, and how it does. Gazellengleich lasse ich meine Finger über die Tasten tanzen, und das dazugehörige Knickerknacker ist allen Umsitzenden stets eine innere Abi-Abschlussparty.

»Verliebt in Berlin» und »Berlin, Berlin« laufen derzeit recht erfolgreich. Sollte man mehr Vorabendserien in der Hauptstadt spielen lassen?

Ihr habt »Kanzleramt« vergessen, die sympathische Berliner Polit-Soap, aus der man jetzt noch schnell panisch den Joschka-Fischer-Part rausschreiben muss. – Ansonsten: Ja, so 40 bis 50 weitere Berlin-Serien sollten schon noch drin sein, gerade im Moment, wo uns doch angeblich die nationale Identität unterm Hintern wegbröckelt. Aber auch andere Städte brauchen zwecks Herstellung lokaler Identifikation eigene Serien: »Totaloperiert in Hückeswaden«, »Amputiert in Leverkusen«, »Hackedicht in Oer-Erkenschwick«, »Angespuckt in Bottrop«. Hier liegt die Verantwortung bei den jeweiligen Kultusministerien.

Trägst du daheim Hausschuhe? Wenn ja: Wie sehen die aus?

Nein. Ich trage keine Hausschuhe.

Was wird besser?

Meine Kopfschmerzen …

Pauschal!

Frau Kuttner reist schnell

Wie organisierst du deinen Urlaub: im Internet oder im Reisebüro oder fährst du einfach los?
Na, ich seh schon: Wir werden dieses Mal viel Spaß miteinander haben. In Fragen des Verreisens bin ich nämlich der unromantischste Gesprächspartner, den man im Boot sitzen haben kann.

Ich organisiere meinen Urlaub im Internet, wobei: zu organisieren gibt's da nicht viel. Frau Kuttner reist nämlich PAUSCHAL! Jawohl, ich habe das böse Wort benutzt. Pauschal, pauschal, pauschal, so. – Einfach drauf los fahren, das ist mal gar nichts für mich, da ich seit jeher skeptisch auf Menschen reagiere, die in 12 Stunden nach Italien durchbrettern und sich dort nachts in einem Gasthof einquartieren, wo man vorm Abendessen den Wein noch mit den eigenen Füßen selbst stampfen muss. Diesen Menschen fehlt es augenscheinlich an haptischen Alltagserfahrungen. Oder an einem eigenen Weinberg. Auch bin ich enorm ungeeignet für Besichtigungen aztekischer Etrusker-Kathedralen. Die guck ich mir lieber in handlichen NDR-Kultur-Beiträgen an. Vielleicht.

Wird Reisen mit den eigenen Eltern unterschätzt?
Nein. Aber das Reisen mit fremden Eltern wird unterschätzt. Ich könnt's mir ganz launig vorstellen, mit den

Eltern von Günther Jauch in Urlaub zu fahren und am Pool liegend mal zu klären, ob der Günther schon immer so viel gefragt hat.

Reisen mit den Eltern wird definitiv NICHT unterschätzt, alles, was man darüber in den einschlägigen Pop/Rock-Gazetten liest, ist WAHR!

Mit welchem Fortbewegungsmittel reist du am liebsten?

Flugzeug. Fortbewegung ist bei mir nie von Genuss begleitet, mir geht es allein um Schnelligkeit. Ein unpopulärer Standpunkt, gewiss, aber in Reiseangelegenheiten liegt mir Ranschmeiße noch ferner als etruskische Weinstampferei.

Und wohin? Verrätst du uns einen geheimen, besonderen, ungewöhnlichen Reisetipp für diesen Sommer?

Ich kenne keine exklusiven Orte. Bin in Reisefragen ebenso wenig ein Exklusivitätshansel wie in musikalischen Belangen. So wenig ich nach raren Mando Diao-Singles mit aztekischen B-Seiten fahnde, so sehr sind mir auch geheime Travel-Hot-Spots egal. Ein Freund von mir schwört aber auf einen kleinen Strand unterhalb von Ancona/Italien. Der wird sich freuen, wenn ihr demnächst auch alle da seid! Grüße!

Was spricht für einen All-inclusive-Urlaub in einem Ferienclub?

Für mich so einiges, wie man sich nach den oben getätigten Äußerungen denken kann. Mir ist klar, dass sich einige Individualfetischisten angesichts meiner Vorlieben winden werden, aber ich liebe es, in großen Speisehallen inmitten plärrender 23-köpfiger Hochhausfamilien zu essen. Allerdings: Für Clubprogramme und bunte Pool-Abende, die als eine Mischung aus Kindergeburtstag, Bundeswehr und

Popstar-Casting konzipiert sind, bin ich nicht zu gewinnen. Ich sitz dann lieber im Hotelzimmer und gucke im TV spanische Kuppelshows.

Rollkoffer oder Trekking-Rucksack. Und warum?
Rollkoffer, because I don't trekk.

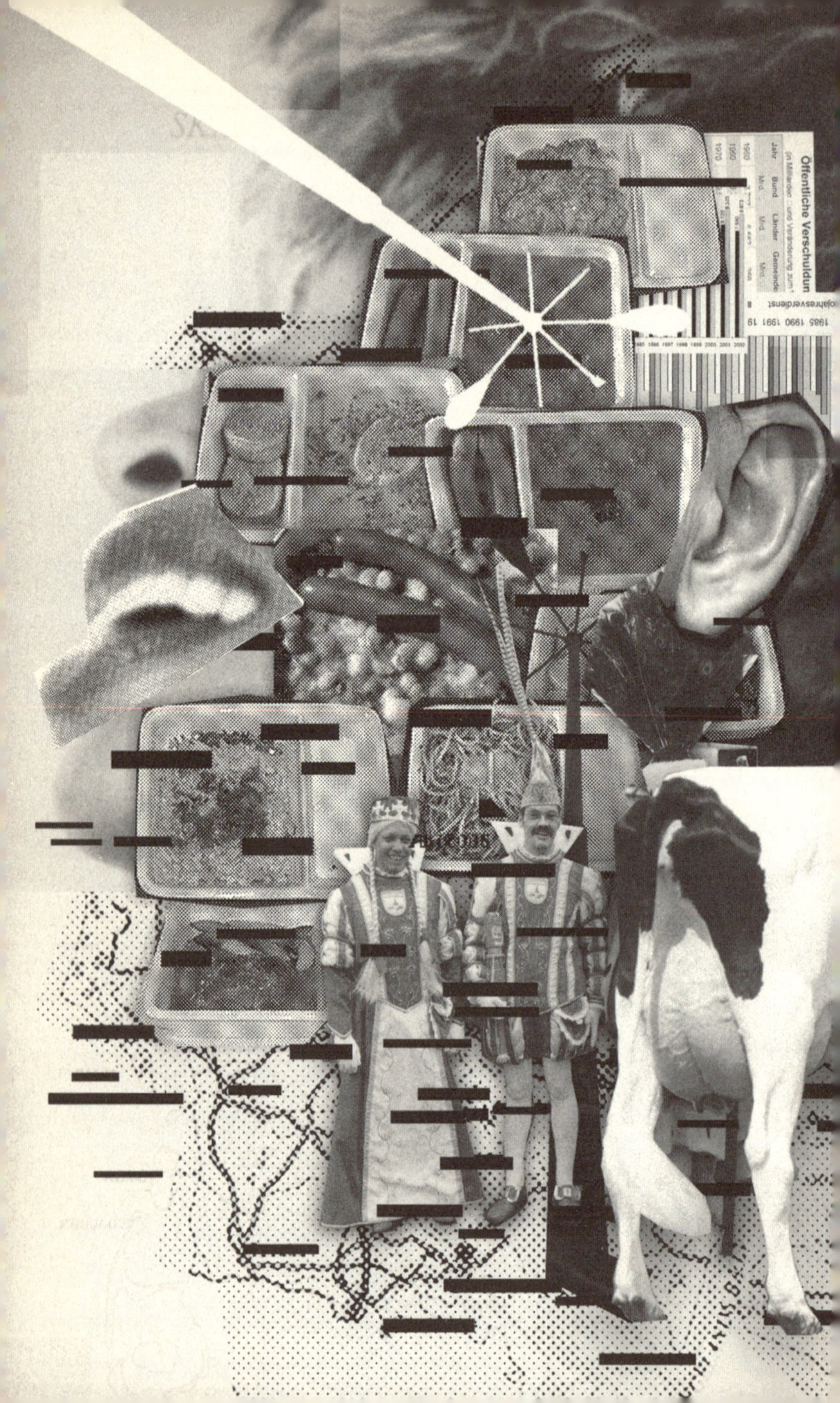
Öffentliche Verschuldun
1985 1990 1991 19

Grüne Woche
BORNHOLM
Rønne

Ostern und Döner gehören zusammen!

Warum das Einstein-Jahr kein Aprilscherz ist

Wir befinden uns im Einstein-Jahr. Was muss man dazu wissen?

Bin ja ein großer Kritiker von Pflicht-Wissen. Von daher muss man, wenn's nach mir geht, gar nichts zum Einstein-Jahr wissen. Man sollte nur gewappnet sein: Falls in Ihrer unmittelbaren Umgebung eine Fahne gehisst, eine Hymne gespielt oder eine bunt angestrahlte Wasserfontäne in die Luft schießt, dann hat das vermutlich etwas mit dem Einstein-Jahr zu tun. Bemerkenswert finde ich, dass der Pathologe Thomas Harvey angeblich Einsteins Gehirn nach dessen Tod in 200 Würfel zerschnippelte und diese Einsteins einstigem Arbeitgeber, der Universität Princeton, aushändigte. Andere Leute wiederum haben sich ihr Hirn offensichtlich vor ihrem Tod schon zerschnippeln lassen …

Kannst du uns eine gute Beschäftigung für die Osterferien verraten?

Hm. Meine Redaktionsosterferien enden heute bereits wieder, von daher bin ich durch mit der Problematik. Der Glam-Faktor des Osterfestes sackt ja hinter dem der Weihnachtsfeiertage enorm ab. Von daher bedürfen die freien Tage um Ostern natürlich einer Aufwertung durch Beschäftigungen, die dieser Zeit einen ähnlich poetischen Glanz verleihen, wie er auch zur Weihnachtszeit vorherrscht. Ich schlage kleine vor- oder nachösterliche Treffen mit lange nicht mehr gesehenen Freunden vor, bei denen man, ganz nach österlichem Brauch, Besitztümer versteckt, die man ihnen zuvor entwendet hat. Wenn die Freunde Lust haben, können sie den Kram suchen. Wenn nicht, behält man das Zeug eben.

Bei welchem Berliner Döner-Laden sollte man schon mal gegessen haben?

Stimmt, Ostern und Döner gehört schließlich zusammen wie »von« und »wegen«. Ich bin nicht Döner-kundig genug, um irgendeine Geheimtipp-Döner-Bude anzupreisen. Aber ich bin mir sicher, dass es in Berlin zahlreiche Event-Döner-Läden gibt, in denen man auch Döner-Teppiche oder Döner-Panoramatapeten kaufen kann. Schön finde ich den Einfallsreichtum vieler Döner-Feilbieter, was die Namensgebung ihrer Etablissements angeht. Bei mir um die Ecke gibt es zum Beispiel die »Döneria« (die haben wahrscheinlich auch besagte Teppiche oder eierförmigen Osterdöner). In Köln wiederum heißen alle Dönerbuden, die sich im Radius eines Fernsehsenders befinden, »Mediagrill«. Man muss einfach namenstechnisch ordentlich Gummi geben, wenn man heute noch was vom Teller ziehen will. Siehe hierzu auch Queens Of The Stone Age oder den Söhne Mannheims-Sänger Rolf Stahlhofen.

Auf welchen Aprilscherz freust du dich?

Habe noch nie aprilgescherzt, bin auch noch nie auf einen hereingefallen. Ich finde auf einen bestimmten Tag kapriziertes Hardcore-Scherzen auch nicht sonderlich spannend. Im Gegenteil: Ich habe in meiner Redaktion für den 1. April konsequente Scherzfreiheit verhängt. Aber tags darauf dürfen dann ruhig wieder alle bei mir anrufen und sagen: »Guten Tag, hier spricht das Management von Joschka Fischer. Wären Sie interessiert, gemeinsam mit Herrn Fischer für RTL die große Gala »Die 100 schlechtesten Polit-Songs« zu moderieren?«

Was wird besser?

Die am Wochenende vollzogene Uhrumstellung hat meinem Leben neue Dynamik gegeben. Meine Standuhr steht jetzt auf dem Balkon, wodurch ich in meiner Wohnung mehr Platz für meinen neuen Döner-Teppich habe.

Steinzeit-Hochzeit

Charles, Camilla und der Rest

In dieser Woche (am Sonntag, 10. April) wird das Jahr 100 Tage alt. Interesse an einer Bilanz?
Bisher war doch alles recht glamourös. Es gab schon bestochene Schiedsrichter, auf bizarre Weise ums Leben gebrachte Modezare, eine neue Glanzperiode für Michael-Jackson-Impersonatoren, eine neue Rekord-Arbeitslosenzahl, einen Außenminister mit Einreiseproblemen, eine Regierung mit Regierungsproblemen – da lassen sich schon viele tolle Jahresrückblicke mit Günther Jauch draus stricken. Musikalisch gibt sich das Jahr bislang durchwachsen: Moneybrother hat ein Jahrzehnt-Album veröffentlicht, Adam Green verflachte zuletzt ein wenig in Selbstironie, Fettes Brot enterten Ballermann-Terrain, und Peter Maffay ist auch wieder da.

Und bitte ein Ausblick auf die kommenden 265 Tage.
Ich rechne mit einer Regierungsübernahme durch eine CDU/FDP-Koalition noch vor dem Herbst. Allerdings wird ihnen erst dann auffallen, dass sie weder einen Kanzlerkandidaten, noch brauchbare Ideen haben. Ebenfalls im Herbst werden die folgenden noch relativ unbekannten Künstler mittelgewichtige Popstars sein: Madsen, The Bravery, Arcade Fire und Sven Schuhmacher. Außerdem wird Clint Eastwood im Sommer gezwungen, seine Oscars für »Million Dollar Baby« zurückzugeben, da der Jury rück-

blickend aufgefallen ist, dass die Ausleuchtung des Films unzureichend war.

Charles und Camilla heiraten. Wofür ist das bedeutsam?

Charles und Camilla dürfte die Sache schon sehr am Herzen liegen. Finde diese Beziehung ja sehr rührend und sehe in den beiden – ähnlich wie in dem bedauernswerten Michael Jackson – ein allzu leichtes Opfer für drittklassige Comedyhirnis.

Auf wessen Hochzeit wartest du?

Ach, da gibt es viele: Ben Stiller und Owen Wilson, Sido und Jeanette, ich und Moneybrother, Blank & Jones, Wald & Wiese …

Ach, eigentlich finde ich Hochzeiten herrlich uninteressant. Zumal immer mehr Menschen dazu übergehen, ihre Verzweifachung penetrant eigenwillig und originell zu feiern. Von daher mein Tipp – halten Sie sich fern von Ritter-, Steinzeit- und Tiefseetaucher-Hochzeiten. Außerdem zu meiden sind Hochzeiten, bei denen Michael-Jackson-Impersonatoren auftreten oder solche, die von Clint Eastwood ausgeleuchtet wurden.

Ist jetzt nicht ein guter Zeitpunkt, mit einer neuen Sportart zu beginnen? Wenn ja: mit welcher?

Es ist einfach an der Zeit, bestimmte, bislang ein Schattendasein fristende Sportarten zur olympischen Disziplin auszurufen. Ich denke hier an aggressives Rumsitzen, Schiedsrichterbestechen, Eierausblasen, Regierung stürzen, schlecht über Comedians sprechen, Stopp-Essen usw. Ich praktiziere alle der genannten Sportarten in einem überwachten Trainingsprogramm und habe allein an den Füßen schon 8,5 Kilo Gewicht verloren.

Was wird besser?

Nachdem ich mich wie eine Besessene in den Haushalt der »Six Feet Under«-Protagonisten eingearbeitet hatte, war ich anfangs wenig beeindruckt von der ebenfalls hoch gelobten Schönheitschirurgen-Serie »nip/tuc«. Mittlerweile (= just nach Ende der ersten Staffel) bin ich aber Fan. Habe mittlerweile auch selbst begonnen, zu Hause kleinere Eingriffe bei Freunden vorzunehmen, und erst kürzlich gelang mir eine tolle Nase. Allerdings an des Operierten Knie.

Desperate Ministers

Eine Fernsehserie
für Joschka

Ab dem heutigen Montag soll ein neuer Papst gewählt werden. Irgendwelche Vorschläge?

Theoretisch darf ja jeder Mensch römisch-katholischen Glaubens gewählt werden, was zwei Mitglieder meiner Redaktion schon mal dazu bewogen hat, aussagekräftige Unterlagen einzureichen. Ich glaube, das oberste Gebot sollte erst mal lauten: Fliege verhindern. Aber derzeit sieht es ja so aus, als ob ein anderer deutscher Kandidat siegreich aus dem Papst-Casting hervorgehen könnte. Ein Bayer noch dazu, und die Bayern können ja derzeit generell ein bisschen Zuspruch gebrauchen. Allerdings muss auch Ratzinger sämtliche Stationen des Papst-Castings durchlaufen: weiße Tauben aufsteigen lassen, aus einem kleinen Fenster rauswinken, Flugplatzimitations-Felder küssen, so was. Ich glaube, der Mann könnte das schaffen.

Wir haben noch gar nicht über Feinstaub gesprochen. Dabei ist das doch ein wichtiges Thema, oder?

Zumindest ein schönes Hype-Thema. Aber ärgerlich ist es schon, wenn man morgens, bevor man zur Arbeit fährt, erst mal sein Auto aus einem Feinstaub-Hügel ausgraben muss. Auch stört die ganze Husterei auf der Straße einen enorm beim Ausfüllen des Bewerbungsbogens fürs Papst-Casting.

Was sollte man über die Desperate Housewives wissen?
Sexuell verwirrte Hausfrauen sind sicher ein interessantes Objekt. Weitaus interessanter als z.B. sexuell verwirrte Sparkassenbeamte oder sexuell verwirrte Außenminister. Habe aber gerade der Firma HBO eine Wunschliste mit persönlich von mir favorisierten Serienplots geschickt. U.a. habe ich Storys entwickelt über familiäres Gerangel in einer LKW-Fahrer-Dynastie, die Geschichte eines verwirrten Musikproduzenten, der zwanghaft seine eigenen CDs kauft und – mein Favorit – ein 5-Teiler über Mord und Totschlag hinter den Kulissen einer Musik-TV-Show.

Joschka Fischer tritt demnächst vor dem Untersuchungsausschuss auf.
Ich hoffe für Joschka Fischer, dass er durch seine Nachlässigkeit nicht auch noch das skrupellose Vorgehen der CD-Aufkäufer-Mafia begünstigt hat. Überhaupt sind durch Fischer sicher auch erst die ganzen kriminellen Feinstaub-Verbreiter ins Land geraten. Ansonsten freuen sich ja alle auf den Ausschuss, sogar Joschka Fischer, auch wenn er durch seine diversen Ausschuss-Showcases sicher diverse Folgen von »Desperate Foreignministers« verpasst.

Wer wird deutscher Fußball-Meister?
Keine Ahnung. Und das Vortäuschen von Ahnung über Fußball wird ja in der Regel schnell aufgedeckt. Da leite ich lieber die nächste Feinstaub-Konferenz in Eschnapur.

Was wird besser?
Ich hatte letzte Woche erstmals in diesem Jahr keine Strumpfhose an. Wäre ich hauptberuflicher Bankausräuber wäre das eine schlechte Nachricht. Da ich aber nur eine junge Frau mit starken Sommer-Sympathien bin, ist es eine gute …

Tocotronic-Bettwäsche

Ein Fall von Busch-Hass:
Warum Oasis auf der
Bundesgartenschau spielen

Warum ist frische Milch besser als H-Milch?
Ich begebe mich hier auf das oblatendünne Eis des halben Zweidrittelwissens, aber was soll's, ich bin ja noch jung. H-Milch wird, wenn mich mein ernährungswissenschaftliches Wissen nicht täuscht, vor dem Verkauf zur Haltbarmachung erhitzt. Und mir widerstrebt es, bereits von anderen Menschen Erhitztes und wieder Kaltgewordenes zu verzehren. Ich will selbst erhitzen. Andererseits möchte ich nicht den Job des Erhitzers gefährden, von daher möchte man aus dieser Einschätzung keinen Appell ableiten oder gar ehrbaren Milcherhitzern nachts auflauern und sie zusammenschlagen, weil sie schlimme Dinge mit unserer Milch veranstalten.

Sollte man Camouflagebettwäsche haben?
Unbedingt. – Nein, natürlich nicht. Warum? Ist das gerade modern? Bettwäsche sollte im Idealfall gar nicht gemustert sein, weil man sonst vom Schlafen abgelenkt wird. Es gibt aber auch schlimme neutrale Bettwäsche. Momentan liege ich gelegentlich mit einem Herrn im Bett, der sich vor kurzem Bettwäsche kaufte, deren materielle Beschaffenheit an Trainingsjacken erinnert. Wir nennen sie zärtlich die Tocotronic-Bettwäsche.

Bald gibt es Neues von Oasis.

Oasis haben zwar seit Mitte der 90er keine richtig gute Platte mehr gemacht, aber Noel und Liam sind immer noch unverzichtbar. Gerade jetzt, wo alle Früh-80er-Nerve-Pop machen, können Oasis mit ihrem sympathisch-trägen Midtempo-Gerocke Leid lindern. Außerdem hat Noel Gallagher schon im Vorhinein ordentlich rumgenoelt: Ein Song der Platte »The Importance of Being Idle«, so Gallagher, handele davon, ein »lazy fucker« zu sein. Außerdem sei die neue Platte ihre beste seit damals, als Oasis noch gute Platten gemacht haben. Der Einzige, der das nicht kapiert habe, sei Liam, und der sei eh ein knatschiges Mädchen. So ungefähr. Oasis sind die Dumb & Dumber of Pop und gleichzeitig – zumindest in ihrer Heimat – immer noch die Band der kleinen Leute.

Die Bundesgartenschau startet. Magst du Blumen, Gärten, Büsche?

Ja, Büsche mag ich sehr gerne. Tut doch jeder. Ach, Büsche … Ich jedenfalls kenne niemanden, der keine Büsche mag. Oasis mögen bestimmt keine Büsche. Die haben mit ihren Luxus-Limousinen bestimmt schon 'ne Menge Brit-Büsche umgemäht. Einer der schlechtesten Oasis-Songs hat außerdem das Wort »Bushes« im Titel – ein deutliches Indiz für fortgeschrittenen Busch-Hass.

Was wird besser?

Ich finde es beruhigend zu wissen, dass die Charts offenbar nicht so ernst zu nehmen sind wie bislang angenommen. Eigentlich sind sie nur eine Versammlung von Musikern und Produzenten, die ihre eigene Musik kaufen. Das heißt: Wenn die Top 20 bis unters Dach voll mit stuller Quatschmusik sind, bedeutet das nicht, dass diese Musik tatsächlich von mündigen Menschen gekauft wurde. Und die Vorstellung, dass Nena zu Hause alles mit Nena-CDs vollgestapelt hat, lässt mich nachts beruhigt unter meiner Camouflagedecke wegdämmern.

Bollerige Jungs mit dem IQ von Roger und Maxim

Was sind die besten
Sommerschuhe
fürs Kuscheltier?

Sollte man mit 20 noch ein Kuscheltier besitzen?
Nein. Niedlichkeits-Fetischismus sollte mit fortschreitendem Alter anders ausgelebt werden. Zum Beispiel durch das Hören von Moby-Platten.

Was sind die besten Schuhe für den Sommer?
Bin nach wie vor Flip-Flop-Verfechter. Da im Sommer aber alle mit Flip-Flops durch die Gegend latschen, kommt es langsam aber sicher zu einer bedenklichen Vereinheitlichung des sommerlichen Ganges. Soll heißen: alle schlappen in einem identischen Zombie-Gang durch die Parks. Daher sollte man in seiner Restklamottenwahl einigermaßen originell vorgehen und ruhig mal einen grünen Leder-Overall mit einem blauen Fransenhut kombinieren.

Was kann man kochen, wenn man einen befreundeten Jungen rumkriegen möchte?
Nichts zu Schweres jedenfalls, dann hängen die Typen immer so bollerig in der Sitzecke rum. Ich muss allerdings sagen, dass ich den Zusammenhang zwischen Kulinarik und Petting für überschätzt halte. Das gemeinsame Reparieren einer Waschmaschine kann Menschen mindestens ebenso gut einander nahe bringen. Oder man umläuft unter lautem

Lachen stundenlang einen Kleiderständer und sinkt sich dann ermattet in die Arme.

Angeblich geht der IQ bei Menschen zurück, die zu oft Kurzmitteilungen auf dem Handy schreiben. Das hat eine neue Studie rausgefunden.

Das habe ich auch gehört. Schlimm. Und angeblich soll Kiffen im Direktvergleich weniger als halb so gefährlich für die Birne sein. Was aber, wenn, sagen wir, Roger Willemsen auf seine alten Tage mit dem SMS-Schreiben anfängt und, sagen wir, seinem Brieffreund Maxim Biller regelmäßig seine liebsten Erotik-Gedicht-Passagen rüberschickt? Setzt dann auch bei solchen Hirnleuchten eine Verrohung der Denkmasse ein? Ich möchte aber in Zukunft auch den negativen Einfluss von zu engen von-Dutch-Käppis, Aggro-Berlin-Platten und »Nur die Liebe zählt«-Sendungen auf den Intelligenzquotienten untersucht wissen.

Badminton & Barbecue

Was Spaß macht
und schmeckt

Welchen prominenten Kopf sollte man sich aufs T-Shirt drucken lassen?

Keinen. Prominente Köpfe sind per Definition genug bekannt und nicht auf das Herabgrinsen von T-Shirts angewiesen. Was soll es auch schon sagen, wenn man eine bekannte Rübe textil spazieren trägt: Ich find den gut? Ich möchte sein wie der? Ich habe zwar selbst auch schon bekannte Gesichter auf der Oberbekleidung ausgeführt, eigentlich ist das aber eine blöde Form jugendlichen Brauchtums. Unprominente Köpfe auf T-Shirts sind da deutlich verwegener. Ein T-Shirt mit dem Antlitz eines geschätzten Taxifahrers oder der eigenen Mutter öffnet ungleich interessantere Gesprächstüren als die Visage von, sagen wir, Kurt Cobain.

Der heutige 9. Mai ist Europatag. Welches europäische Land ist dir das liebste?

Da bin ich leidenschaftslos und kann daher ganz europäisch antworten: alle Länder haben ihren Reiz. Man sollte überall mal gewesen sein, am besten täglich. Am besten, man leiht sich eine britische Arbeiterklassenkomödie aus der Videothek aus, zieht sich sein italienisches Designer-Stirnband an, kocht sich 'ne Paella und bildet später auf dem Balkon mit seinen luxemburgischen Freunden eine menschliche Nachbildung der Akropolis.

Hast du jemals das Deutsche Sportabzeichen gemacht?

Nein. Ich habe meine Sportlerkarriere bereits im Alter von 15 Jahren beendet. Einfach um mehr Zeit zum Nachdenken zu haben. Allerdings hat mich zuletzt wieder eine übel riechende Mischung aus schlechtem Gewissen und Einsicht auf einen Badminton-Platz getrieben. Badminton ist okay, weil tatsächlich so etwas wie Spaß aufkommt und man währenddessen vergisst, dass man Sport treibt. Bei der deutschen Fußballnationalmannschaft ist das ähnlich. Die vergessen beim Rumbolzen auch immer, worum es eigentlich geht.

Dein Lieblingsprodukt, das man beim Metzger kaufen kann?

Rinderfilet. Ich bin glückliche Besitzerin eines George-Foreman-Grills. Der lässt einerseits ein mildes Barbecue-Gefühl durch die Küche wehen, presst andererseits aber auch äußerst effekthascherisch das Fett aus dem Fleisch. Die definitiv beste Erfindung, die je von einem Mann ersonnen wurde, der sein Geld früher damit verdient hat, anderen die Hirse zu Brei zu kloppen. Welchen früheren Beruf mein Metzger ausgeübt hat, weiß ich nicht, aber wie gesagt: er hat tolle Rinderfilets. Ich würde mir sofort eins seiner Rinderfilets aufs T-Shirt drucken lassen.

Schönschrift mit den Sternenkriegern

Warum Sonntage eigentlich
schon Montage sind
und Café Latte unangenehme Magen-
verklebung hervorruft

Der Wochenstart nach einem verlängerten Wochenende ist schlimm – hast du einen guten Tipp, wie man die Woche ohne schlechte Laune anfangen kann?
Nein. Da kann ich nicht weiterhelfen. Ich bin selbst viel zu sehr damit beschäftigt, meine Woche nicht mit schlechter Laune anzufangen. Immerhin bleiben einem diesmal die Demütigungen des Arbeitsmontags erspart. Allerdings wird die Freude hierüber empfindlich dadurch getrübt, dass einem der Pfingstmontag noch mal eine Zugabe der sonntäglichen graumeliert-trüben Traurigkeit beschert.

Eigentlich sind Sonntage ja gar keine Entspannungstage, sondern allein dazu bestimmt, schon mal die Schrecken des Montags anzuteasen. Und zwei Sonntage in Folge, auch wenn einer davon Pfingstmontag ist, teasen demnach wahrscheinlich einen besonders grausamen Dienstag an …

Der dritte Teil von »Star Wars« kommt diese Woche ins Kino. Was sollte man dazu wissen?
Dass der Beruf des Sternenkriegers hier natürlich vollkommen verklärt dargestellt wird. Typisch Hollywood halt. Der Beruf des Sternenkriegers bedeutet in der Realität in erster Linie viel Papierkram und Büroarbeit. In »Star Wars« wird da sehr viel beschönigt.

Bleistift oder Füller?

Füller! Ich bin schon seit der Schule Füller- und Schönschrift-Fan. Das Fehlen von Letzterem versuche ich übrigens durch das massive Anhäufen von Ersterem zu kompensieren.

In Nordrhein-Westfalen wird am Sonntag gewählt. Wer gefällt dir besser? Peer Steinbrück oder Jürgen Rüttgers?

Letzte Woche war Tommy Ramone in meiner Sendung zu Gast, und dies hier ist tatsächlich die Frage, die ich vergessen habe, ihm zu stellen.

Zwar liegt mir nichts an einer gemeinsamen nächtlichen Kutschfahrt mit Peer Steinbrück, aber bei Jürgen Rüttgers würde ich nicht mal einsteigen, wenn der mit einem Raumschiff aufkreuzen und mir die Begutachtung seiner Schönschrift anbieten würde.

Trinkst du Kaffee oder Tee zum Frühstück?

Das hängt vom Austragungsort meines Frühstücks ab. Zu Hause trinke ich Tee, weil ich nicht weiß, wie man Kaffee macht. Auswärts trinke ich oft Kaffee. Ach, was soll's: Ja, ich gieße mir auswärts, wie alle anderen auch, mit schöner Regelmäßigkeit diverse Café Lattes ins Gesicht. Allerdings tritt bei mir rasch eine unangenehme Magenverklebung auf, deren nähere medizinische Beschreibung jeder bitte im Ärzte-Lexikon unter »Magenverklebung, unangenehme« nachschlagen möchte.

Sind Gitarristen in Rockbands wirklich immer die besten?

Zumindest sollten sie die besten Gitarristen in der Band sein. Wenn nicht, blockieren sie einen Arbeitsplatz und sollten lieber ihrer eigentlichen Bestimmung folgen und, sagen wir, Sternenkrieger oder Füllfederhalter werden. – Nein, ich glaube nicht an die These, dass Gitarristen immer die besten sind. Dann hätten beispielsweise Keane ein großes Problem, die haben nämlich keinen Gitarristen.

Wenn du Taxi fährst, sitzt du dann vorne oder hinten?

Ich sitze hinten, damit ich nicht zugequatscht werde. Mittlerweile haben die Taxifahrer das aber durchschaut und lassen sich in Weiterbildungsseminaren das Nach-hinten-Quatschen beibringen. Außerdem sprühe ich hinten immer alles mit Graffiti voll. Einmal Hiphop, immer Hiphop.

FAX
IPEK'S
DÖNERIA
KEBAP-HAUS

Lazy Fucker
A380

Freizeit beim Zahnarzt

Fragen zu Faxen und Feiertagen

Es ist Zeit, in die Feiertagsdebatte einzusteigen: Haben wir zu viel frei?

Ja, haben wir. Zumindest ich habe entschieden zu viel frei. Und das ist nicht gut für mich. Ich komme bei zu viel Freizeit auf dumme Gedanken und verabrede mich beispielsweise mit Leuten, die ich sehr lange nicht gesehen habe, nur um festzustellen, dass es gute Gründe gab, sie sehr lange nicht zu sehen. Außerdem fällt wegen der ganzen Feiertage ständig meine Sendung aus, sodass meine Feinde sich in dem beruhigenden Gedanken wiegen könnten, die doofe laute Tante sei endlich abgesetzt worden.

Gehst du regelmäßig zum Zahnarzt?

Ich könnte nicht ruhigen Gewissens in einer Plakatkampagne für regelmäßige Meet & Greets mit dem Zahnarzt werben. Mittlerweile bekomme ich es aber einigermaßen hin. Früher war ich durch apokalyptische Zahnarzterfahrungen traumatisiert, was zur Folge hatte, dass ich mal sechs Jahre lang nicht da war. Irgendwann hatte ich dann eine Zahnfleischentzündung, ich musste also hin. Bei der Gelegenheit zog man mir zwei Zähne und bohrte fünf auf. Zahnärzte sind halt wie Großeltern: Man besucht sie nur, wenn man was will, und bekommt dann noch nicht mal, was man sich gewünscht hat. Seitdem verlaufen meine Zahnarztbesuche im positiven Sinne langweilig: Ich bekomme ein »Alles in Ordnung!« in den weit offen stehenden Mund gebrüllt, was mich dann wieder ungefähr ein Jahr lang leichtfüßig über die internationalen Süßwarenmessen-Parketts tanzen lässt.

Wofür braucht man eigentlich noch Faxgeräte?

Das kann ich Ihnen sagen. Auch ich bin Anhänger der These, dass Spaß und Herzensfreude auf ganz einfache Art und Weise entstehen. Ich habe es kürzlich wieder für mich entdeckt, nachts im Büro mit ausgewählten Mitgliedern meiner Redaktion ausgewählte Teile meines Körpers mittels des großen Redaktionskopiergeräts abzulichten. Nach getaner Arbeit schalte ich auf den Faxmodus um, und schicke die Kopien dann an ausgewählte Feinde. Die werden dann nachts von ihrem Fax geweckt und denken sich: »Mist, heute ist zwar Fronleichnam und die doofe Kuttner sendet nicht, dafür krieg ich jetzt wieder sieben Stunden lang fotokopierte Kniekehlen gefaxt.«

Die Zehn-Prozent-Hürde

Wie viel Trinkgeld
soll man geben?

Stichwort Bundeskanzlerin.

Frau Merkel wird's wohl machen. Deutschland ist das Fachland für kleinere Übel – und Frau Merkel ist immerhin das kleinere Übel im Vergleich zur Bundeskanzlerin Edmund Stoiber. Moment, mir fällt grad ein: Dann gibt's demnächst ja haufenweise unkomische Angela-Merkel-Stimmimitatorinnen. Die gute Nachricht ist allerdings das Ende der Amtszeit von Elmar Brandt.

Gehst du manchmal in Theater?

Nein. Auch ein hoher Anteil von Nackten im Besetzungsstab vermag das nicht zu ändern. Tut mir Leid, die Kunstform des Theaters liegt mir tatsächlich noch ferner als die der Glasbläserei (was ja, glaube ich, gar nicht nackt praktiziert wird).

Wasser mit oder ohne Kohlensäure?

Am liebsten gar kein Wasser, weil Wasser nach nichts schmeckt. Wenn ich Wasser trinke, dann nur mit Kohlensäure, weil die wenigstens Geschmack vorgaukelt. Ich glaube, die Hölle ist ein Theaterstück, in dem nackte Glasbläser stundenlang nur stilles Wasser trinken.

Müssten wir nicht alle viel mehr Trinkgeld geben oder zumindest bekommen?

Ich gebe genug. Ich halte mich an die 10 %-Klausel, was mehr schmerzt, wenn man soeben 43 gemischte Antipasti und Schweinshaxe zu sich genommen hat. Bei einer 50-Euro-Rechnung zahle ich fünf Euro Trinkgeld. Was immerhin zwei Espresso entspricht. Espressi? Expresse? Mein Freund war früher bei der Presse, jetzt ist er Expresse, kleiner Scherz.

Was ist deine Lieblings-Sommerfrucht?

Wassermelone ohne Kerne. Gibt's aber nicht. Deshalb mag ich Wassermelonen nicht mehr so gern wie früher, als meine Mutter die Kerne noch entfernt hat. Werde in Zukunft meine Trinkgelder stark drosseln, um mir einen Melonenentkerner leisten zu können. Das schafft Arbeitsplätze und dürfte im Sinne aller Bundeskanzlerinimitatorinnen sein.

Thema Fernsehköche: Gibt es eigentlich irgendeinen, der dir gefällt?

Wenn die ganzen Fernsehköche endlich aufhören würden, Firlefanz wie Entenbrust AN Rauke AUF Erdapfelsorbet zusammenzukloppen und stattdessen mal erklären würden, wie Spiegelei mit Spinat funktioniert, wäre mir vielleicht sogar Ralf Zacher sympathisch.

Sonnenbrille ins Haar: ja oder nein?

Auf den Augen bringt eine Sonnenbrille natürlich deutlich mehr, das ist mittlerweile erwiesen. Aber man kann sie natürlich in die Haare stopfen, um einer Verbummelung vorzubeugen. Als modisches Accessoire hingegen ist die das Haar gleich einem Reif umklammernde Brille streng verboten. Ein guter Bekannter trägt seine Sonnenbrille, um seine Geheimratsecken zu verstecken, ausschließlich im Haar, und zwar so, dass die Brille die Haare zu einem Mittelscheitel platt drückt. So hat er einen Mittelscheitel und läuft bei Regen mit Sonnenbrille auf'm Kopp rum.

Coldplay auf dem Grill

LKW-Fahrer mit Sushi und Dachterrasse

Grillen ist doch überbewertet, oder?
Nein! Ich grille gerne. Beziehungsweise: Ich lasse gerne grillen. Unter der Rauchglocke einer Grillparty stellt sich mehr Lebensfreude ein als auf jedem evangelischen Kirchentag, weswegen Grillen – als Breitensport oder Brauchtum – unbedingt gefördert werden sollte. Man muss ja nicht gegen jeden Mainstream anschwimmen. Ich schätze den rauchigen, mit Löschbier vermischten Geschmack von Fleisch und Wurst sehr, weswegen umweltfreundliche Elektrogrills auch keine ehrbare Alternative darstellen. Seit kurzem nenne ich eine Dachterrassenwohnung mein Eigen und werde da viel grillen (lassen).

Hast du die neue Coldplay schon gehört?
Nein. Mist. Nach diversen Verrissen habe ich allerdings Angst, dass sie mir gefallen könnte. Ich neige dazu, Musik gut zu finden, die von vermeintlich kenntnisreichen, tatsächlich oft aber nur abgrenzungsfetischistischen Kritikern abgewatscht wird. Ist aber auch schwierig mit Coldplay: Als die zweite Platte rauskam, war es noch völlig in Ordnung, Coldplay zu hören. Seitdem haben sich Coldplay zur Lieblingsband aller Frauenzeitschriftenleserinnen und Chris Martin zum vor Charisma überschwappenden Nachwuchs-Bono entwickelt. Mittlerweile muss man bei Saturn, damit

man beim Anstehen in der Schlange nicht rüberkommt wie ein Frauenzeitschriftenleser auf dem Weg zur nächsten Grillparty, immer 'ne frühe Morrissey auf die Coldplay-CD legen.

Was muss man zur EU-Verfassung wissen?
Dass man nicht den Atem anhalten sollte – es wird noch dauern.

Was denkst du über Menschen, die heiraten?
Dass die wohl gern miteinander verwandt sein wollen. Nein, ich denke, dass die sich entweder dolle lieb haben oder Fans von steuerlichen Vergünstigungen sind. Beides scheinen mir gute Gründe für ein »Ja« zu sein.

Findest du, dass Sushi »endslecker« schmeckt?
Nein. Aber ich finde nichts positiv, das mit »ends-« anfängt. Ihr Bayern immer! Sushi ist okay, aber der LKW-Fahrer in mir versteht unter einer gehaltvollen Mahlzeit etwas, von dem Dampf aufsteigt mit Fleisch dran. Kommen Sie ruhig mal mit Ihrer Sushi-Schachtel zu einem meiner Grillgelage vorbei.

Sozialistische Dr. Mottes

Tour de France und Linksbündnis

Was hältst du von der Demokratischen Linken?

Gegen eine linke Partei ist ja in Zeiten der allgemeinen Vermittung überhaupt nichts einzuwenden. Auch in das Lafontaine-/Gysi-Bashing mag ich mich nicht einreihen. Schwierig wird es nur, die ganzen versprengten Linken einträchtig unter einem Dach zusammenzupferchen. Ehemalige Grubenarbeiter, dandyeske Salon-Linke, frustrierte Grünen-Fundis, SED-Fans der ersten Stunde und junge homosexuelle Globalisierungsgegner auf ein und denselben Beat tanzen zu lassen, dürfte selbst den beiden Dr. Mottes des modernen Sozialismus schwer fallen.

Findest du auch, dass Tour de France und Mittagsschlaf gut zusammenpassen?

Das verstehe ich nicht. Werden die Räder immer nur zur Mittagszeit auf die Piste gerollt? Oder spielt die Frage mit einem mir nicht bekannten Zitat Oskar Lafontaines, demzufolge die Tour de France »der Mittagsschlaf der arbeitenden Klasse« sei? Oder wollt ihr darauf hinaus, dass eine Runde Pennen dem Beobachten übereiliger Radfahrer vorzuziehen ist? Solltet ihr Letzteres meinen, dann: ja.

Bikinistreifen oder nahtlose Bräune?

Bikinistreifen. Die spielen immerhin noch mit der Restmöglichkeit, dass man seine Bräune quasi zufällig – beim Drachensteigenlassen oder Traktorfahren – erworben haben könnte. Ein nahtlos gebräunter Körper hingegen schreit: »Seht her, ich habe auf dem Grill gelegen!« Zwar ist der Kreis jener, denen solches entgegengeschrien wird, relativ überschaubar (es sei denn, man nimmt an Gangbangs mit befreundeten Sozialisten teil) – aber trotzdem.

Wie heißt es, wenn man einen Kugelschreiber an- oder ausmacht?

Gut gefragt! Die Mine ausfahren? Ich bin ratlos. Das nervige nervöse Rumgeklicke mit dem An-Ausmach-Hebelchen hingegen nennt man vermutlich »nervöses Rumklicken mit dem An-Ausmach-Hebelchen«. Aber ich werde aufgrund dieser Frage heute noch lange wach liegen.

Wann ist der Retro-Trend retro?

Beim nächsten Guildo-Horn-Comeback. Beziehungsweise: wenn endlich das 90er-Revival einsetzt, und Menschen nicht mehr versuchen, auszusehen wie Menschen in den 70ern, sondern wie Menschen, die in den 90ern versucht haben, wie in den 70ern auszusehen.

Chucks oder Vans?

Ha! Ich durchschaue die Absicht: Ich soll mittels dieser Frage in die stereotype Schublade einer Berlin-Mitte-Kleidungspolizistin gesteckt werden, die stilistische »no go's« verkündet. Tatsächlich weiß ich aber noch nicht mal, was Vans sind, was wiederum dringend für das Tragen von Chucks spricht.

Die Europa-Familie

Von Badehosen und Krümelbetten

Was wird jetzt aus Europa?
Europa ist wie eine große Familie an Weihnachten: Alle sind guten Willens von weit her angereist und wollen's richtig warm und schön haben. Dann hackt aber der doofe Schwager wieder auf der pummeligen Cousine rum, und alle reisen vorzeitig ab. Will sagen: Mir scheint die derzeitige Situation sehr realistisch. Trotzdem sollte man dem nächsten Weihnachtsgelage eine Chance geben.

Hast du einen Tick?
Keinen klassischen, aber Krümel im Bett lassen mich wahnsinnig werden, und Verursacher solcher Krümel haben mit einem sofortigen Bett- sowie einem anschließenden Hausverweis zu rechnen. Ebenfalls tollwütig macht es mich, wenn ich das Fußende der Decke am Kopfende habe. Generell muss bei mir im Bett alles achsialsymmetrisch sein. Die darin rumliegenden Typen nicht unbedingt.

Die »Kieler Woche« ist zu Ende. Segeln – blöder Snobsport oder doch ganz gut?
Der Pöbel sollte sich die Snobsportarten (Golfen, Segeln, Fesselballonfliegen) gezielt unter den Nagel reißen und zu Eigen machen. Andererseits herrscht auf See ja ein sehr rüder Ton. Da kriegt man schnell ein »Los, Palstek Steuer-

bord!« ins Gesicht gebrüllt, und noch bevor man weiß, was das heißen soll, knallt einem der Schiffsmast gegen die Birne. Da sortiere ich lieber Krümel aus dem Bett oder feiere ganzjährig europäische Weihnachten.

Welches Badehosenmodell siehst du bei Freibadjungs am liebsten?

Die Freibadjungs – toller Name für eine Fun-Schlager-Band, die am Ballermann große Erfolge feiert. Mir sind ja einfarbige, eng anliegende Boxershorts am liebsten. Gleiches gilt für Männerunterhosen. Die Slip-Variante liegt mir gar nicht und sollte allenfalls auf dem Kopf getragen werden.

»Krieg der Welten« kommt ins Kino. Nur ein weiteres Science-Fiction-Spektakel?

Ich mag bei derartigen Filmen die erste halbe Stunde immer sehr gern. Den Teil, wo freundliche Durchschnittsmenschen nichts von der Bedrohung ahnend durch die Gegend latschen, während Experten in Himmelsbeobachtungsbüros in ihre Computer starrend Sachen sagen wie: »Merkwürdig, schauen Sie sich das mal an, Steve.« Wenn dann aber Häuser einstürzen, Kühe durch die Gegend fliegen und Steve von der herabstürzenden Decke begraben wird, langweile ich mich. Ich wäre aber jederzeit bereit, mir die aneinander geschnittenen ersten 20 Minuten von »Twister«, »Independence Day«, »The Day After Tomorrow« in launiger Runde anzugucken. Nur falls jemand eine Einladung aussprechen möchte …

Welcher ist dein liebster Spielberg-Film?

Der mit den zwei Typen, die ein Klavier durch die Tür tragen wollen, aber nicht raffen, dass man es quer nicht rein bekommt.

Die Vans-Fortbildung

Dalai Lama
statt Drogen-Drama

Der Dalai Lama wird diese Woche 70. Schon mal mit dem Buddhismus geliebäugelt?

Nein. Überhaupt liebäugele ich nicht mit Religionen. Man wird zwar nie erleben, dass ich junge, sinnsuchende Menschen vom Unterschreiben ihres Buddhismus-Beitrittsbogens abhalte, aber selbst? Nein. Andererseits kommt die Hinwendung zum Buddhismus ja meist in fortgeschrittenem Alter und/oder nach Abschluss einer erfolgreichen Drogenkarriere. Ja, ich glaube, man fällt nicht auf die Straße, wenn man sich aus dem Fenster lehnt, indem man behauptet, die Hauptklientel des Buddhismus sind ehemals drogensüchtige Rockstars. Komisch eigentlich, dass heute überhaupt noch Rockstars mit dem Drogenquatsch anfangen, wo doch abzusehen ist, dass die Geschichte irgendwann im meditativen Schneidersitz endet. Allerdings (ohne hier mit dem Pro-Drogen-Fähnlein wedeln zu wollen): Die meisten Rockstars haben unter Einfluss diverser Substanzen Größeres geleistet als unter dem Einfluss des Dalai Lama. Außer den Red Hot Chili Peppers vielleicht.

Warst du schon beim Holocaust-Mahnmal?

Nein. Wobei der Sinn von Mahnmalen doch der ist, durch ihr urplötzliches Hinausragen aus dem Stadtbild aus einem lauschigen Stadtspaziergang herausgerissen und in die

Schuldgrube geschubst zu werden. Ich glaube nicht, dass man sich gezielt zu Mahnmalbesuchen verabredet. Die Intention des Mahnmals ist natürlich in keinster Weise zu kritisieren, allerdings sind mir derartige moralisch-künstlerische Pflichtbauten doch deutlich zu erzwungen.

Weißt du wirklich nicht (wie du neulich schriebst), was Vans sind?
Zum Zeitpunkt der Fragenbeantwortung wusste ich es wirklich nicht. Mittlerweile wurde ich von diversen Szenegrößen aber einer strengen Fortbildung unterzogen. Bevorzuge aber immer noch Chucks.

Wärst du lieber Engländerin?
Nein. Wobei ich den Engländern die Lässigkeit und Punktgenauigkeit ihrer Sprache neide. Engländer sind in der Lage, ein kompliziertes Phänomen durch ein formschönes ein-, maximal zweisilbiges Wort sexy an die Wand zu nageln. Darüber hinaus eignet sich die englische Sprache deutlich besser zum Singen. Selbst Lobgesänge auf eher Lobgesang-ungeeignete Themen (Mahnmale, Buddhismus, Vans) hören sich auf Englisch schöner an. Außerdem könnte ich, wäre ich Engländerin, nicht mehr die Engländer ungesehen sexy finden.

Three-Night-Stands

Tom Cruise
auf der seelischen Bettkante

Wie findest du Discokugeln?
Ich binde einfach so ein Maschinchen dran, das piept, wenn man pfeift.

Was ist eigentlich mit Tom Cruise los?
Mir war Tom Cruise in seiner allzeit gestählten, strahlenden Kraftpaketigkeit ja noch nie so sympathisch, aber jetzt lässt der Mann tatsächlich die Discokugel der Glückseligkeit ein bisschen zu stark leuchten. Der Größenwahn eines Menschen, der glaubt, sich von allen falschen Zwängen befreit zu haben. Im Umkehrschluss legt das nahe, dass man seine paar Restzwänge doch nicht von der seelischen Bettkante stoßen sollte. Tom Cruise ist – sei es aufgrund seiner scientologischen Erleuchtung oder bloß, weil er auf der Erfolgsrakete reitet – in derart unantastbaren Sphären der Langweiligkeit und Sauberkeit angekommen, dass ihm als letzte Möglichkeit nur noch bleibt, die unerleuchtete Welt aggressiv und lautstark anzustrahlen. Klingt das nach Neid? Nein.

Interessiert dich die Tour de France?
Nein. Generell schaue ich fremden Menschen nicht gerne beim Sport zu. Ebenso wenig beim Geschlechtsverkehr, weswegen ich Pornographie tendenziell auch eher unin-

teressant finde. Eine Vermischung von Radfahrkunst und Pornographie unter Beteiligung von mir angehimmelter Rockstars könnte allerdings kurzzeitig mein Interesse wecken.

Muss man One-Night-Stands haben?

Nein. Hatte noch nie einen. Stehe auf die Beständigkeit von Three-to-Five-Night-Stands. Der einmalig von sich noch unbekannten Menschen vollzogene Akt bringt es meiner Meinung nach nicht, da sexueller Irrsinn nur auf der Basis einer gewissen Vertrautheit möglich ist. Außerdem finde ich die Vorstellung, einen One-Night-Stand nicht aus meiner Wohnung zu kriegen, mehr als anstrengend.

Fotografie: analog oder digital?

Da bin ich pragmatisch. Sosehr mir die Vorstellung gefällt, in hohem Alter in vergilbten Fotos rumzuwühlen und zu meinem Urenkel Sätze zu sagen wie »Ja, so kurze Röckchen hatte Omi damals an«, so sehr schätze ich doch die sofortige Löschbarkeit verkackter Wackelbilder und fieser Porträts. Dem liegt das Grundprinzip meiner Generation zugrunde: erst mal anhäufen, dann aussieben.

Was wird besser?

Ich hab jetzt erst mal Sommerpause. Von daher: hoffentlich so einiges. Ich werde sicherlich einige Gelage auf meiner neuen Dachterrasse veranstalten oder Freunde zum Drehen von Radsport-Pornos überreden. Jetzt muss ich aber Schluss machen und meine Discokugeln suchen.

Urlaubsfreuden

Handtuchturban und Haifischattacke

Deine Sendung geht in die Sommerpause – wohin geht die Ferienreise?

Ich bleibe zu Hause. Meine frisch bezogene Wohnung gaukelt mir vielfältige neue Lebensmöglichkeiten vor. Man kennt das ja: Sobald man nur eine neue Wohnung, ein neues Auto oder einen neuen Pettingpartner hat, ist man geneigt, alles andere für unwichtig zu halten. Auch ich bin gewillt, dies mit Schmackes zu tun.

Wie sehen die idealen Ferien aus? Strand oder Stadt? Natur oder Aufregung?

Aufregung am Strand: Das ist genau meine Tasse Urlaub. Haifischattacken und dergleichen. Ich gehe ja nicht ins Wasser – oder kaum. Aber vom Strand aus einer schönen Haifischattacke beizuwohnen, das wäre doch mal was. Ein aufregender, alternativer Plan für fortgeschrittenes Power-Beaching wäre die Lektüre eines medizinischen Fachbuchs im Liegestuhl. Äußerlich entspannt man, innerlich jedoch wird man enorm aufgewühlt ob der Vielzahl der erlangbaren Krankheiten, die einem ein solches Buch darlegt.

Was war noch mal das Schlimme an Touristen?

Der Plural. Allerdings werde ich mich auch nicht in die Falle des Touristen-Bashings begeben. Ich bin vermutlich selbst ein eher anstrengender Tourist. Man findet mich häufig an Hotelrezeptionen, wo ich mit der Faust auf die Hotelrezeptionsklingel donnernd nach einem Kakerlakenvernichtungskommando verlange, das am besten auch gleich noch ein Minibarauffüllkommando mitbringen soll. Von daher steht mir hier die Arroganz des fairen Individualtouristen nicht zu.

Disneyland wurde am Wochenende 50 – warst du mal da? Willst du hin?

Nee. Habe Angst, dass man alle fünf Meter von einem Riesen-Goofy umarmt wird. Ein Disneyworld-Boykott ist eine angemessene Form von Antiamerikanismus. Kleine Anekdote zum Schluss: Neulich war ich im Kino. Dort wurde ich inmitten eines Genrefilms einer Sexszene ansichtig, die sich in der Wohnung abspielte, die der meinen gegenüberliegt. Falls da öfter gedreht wird, könnte es also passieren, dass ich demnächst im Hintergrund irgendeines deutschen Films mit unvorteilhaftem Handtuchturban auf dem Kopf beim Zehennägelschneiden zu sehen bin. Mir steht ein aufregendes Leben bevor. Wer braucht da Urlaub?

Die Rechtsprechreform

Kampf gegen Petersilie und Majonäse

Und? Hast du den neuen Harry Potter schon durch?
Ich hab schon nach dem dritten aufgegeben. Grundsätzlich gefällt mir Harry Potter schon ganz gut, vor allem die Szenen, in denen er sich mit seinem Auto unterhält und das erzählerisch interessant konstruierte Verhältnis zwischen ihm und Darth Vader. Ich bin aber einfach zu ungeduldig für Bücher, Filme, Platten, die auf den Fortsetzungseffekt bauen. Entweder ich kann mir den Kram hintereinander weg einverleiben oder ich lasse es. Ich kann ja noch nicht mal Schokolade einteilen.

Interessiert dich der Streit um die Rechtschreibrcform?
Eigentlich nicht. Außer der geschätzten SZ-Redaktion kriegt ohnehin keiner mit, nach welchem Reformstand ich schreibe. Gegen einige Änderungen wehre ich mich jedoch entschieden. Zum Beispiel, dass man jetzt allen Ernstes »Majonäse« schreiben soll. So was ebnet den Weg für Verrohung. Dann muss man sich nicht wundern, dass die Jugendlichen nur noch Crack-inhalierend in Spielhöllen rumhängen und mit Sprühdosen »Marihuanäse« an die Wand sprühen. Fühle mich außerdem zu alt, um mir noch eine neue Rechtschreibung anzutrainieren.

Von welchem Fernsehkoch würdest du dir am liebsten was zubereiten lassen?

Ist mir wurscht. Bekochen dürfte mich jeder von denen, nur das Labern sollten sie unterlassen und nichts mit Petersilie garnieren. So was macht mich wahnsinnig. Petersiliendeko auf Essen. Unnötiger als die Rechtschreibreform.

Was würdest du gerne auf die große kahle Wand schreiben, die eine Jeansfirma in Berlin aufgestellt hat?

Fuck Majonäse! Und Petersilie gleich mit. Gerne auch: Für die Installation von Quotenzählgeräten in Indierock-WGs.

Treibst du dich auf Festivals rum?

Nee, mir wird da immer sehr schnell langweilig, und dann fange ich an, über die Rechtschreibreform nachzudenken. Apropos: Eine Rechtsprechreform würde ich übrigens sofort unterstützen. Letztens hat mir mal wieder jemand zum Abschied »Tschü« anstelle eines »Tschüss« hinterhergebrüllt. Hätte der betreffenden Person gerne einen Strafpunkt vom Konversationskonservatorium verpasst.

Welche Randsportart würdest du auch ganz ohne Schmiergeld in deiner Sendung riesengroß featuren?

Hm. Schwierig. Sport ist ja, wie man hier schon lesen konnte, nicht unbedingt meine Tasse Freizeit. – Vielleicht Curling, wo durch emsige Bodenfegerei die Rutschdauer des Curling-Puks verlängert wird. Aber zum Thema Curling gibt's ja schon alles im aktuellen Andreas-Dorau-Video. Ich glaube, ich würde Extrem-Rechtschreibing unter Zeitdruck mit besonders schwierigen Wörtern featuren. Die Wörter dieser Woche: Curling-Puk, Konversationskonservatorium und GFK-Quotenzählgerät.

Sommerdrinks auf Ebay

Immer schön
auf Pete Doherty hören

Ebay wird gerade zehn Jahre alt. Was hast du dort schon alles ersteigert?

Darüber kann ich hier wirklich nicht schreiben. Ich kaufe unter falschem Namen und tätige viele exzentrische Fetischkäufe. Würde ich hier über meine Aktivitäten auf dem Online-Basar plaudern, könnte zum Beispiel der Gentleman, dem ich letztens extrem geschmacklose Strumpfhosen aus der Wohnung gesteigert habe, dahinter kommen, dass die olle Kuttner wohl auf besonders geschmacklose Strumpfhosen steht. Soso.

Mal was reingestellt und mit hochgejazzten Beschreibungen den Preis angefacht?

Nee. Sehr schön finde ich aber, wie bei Ebay alles mit lockenden Prominamen versehen wird. Meine derzeitige Lieblingsbeschreibung lautet: »°°70s*SIENNA MILLER*boho*KLEID *moss*TUNIKA*80s*GIPSY°° superchic« (die Auktion endet allerdings in neun Minuten). Worauf genau bietet man da, zum Teufel? Manchmal suche ich bei Ebay auch meinen Namen, und neben diversen Playboys und (teils gefälschten) Autogrammkarten gibt's manchmal Klamotten, die angeblich »im Kuttnerstyle« sind.

Was ist dein Getränk diesen Sommer?

Bin ein schlechter Trinker. Ein Satz, der noch mehr Menschen das Gesicht entgleisen lassen dürfte, als der mit den Promo-CDs. Wer gesteht, dass er wenig trinkt, gilt sofort als lebensmüder Rolltreppe-abwärts-Fahrer mit Kontakt zu Pete Doherty. Wenn ich trinke, dann Volvic-Wasser mit Orangenaroma. Und ich habe neulich Rhabarberschorle entdeckt. Darauf hat mich Sven Schuhmacher hingewiesen. Und ich soll mehr rauchen. Darauf hat mich Pete Doherty hingewiesen.

Am Freitag war »System Administrator Appreciation Day«. Wer hilft dir, wenn der Computer mal wieder spinnt – und wie hältst du die Person bei Laune?

Bis vor kurzem waren das die bezaubernden IT-ler von VIVA. Die muss man nicht bei Laune halten, die haben Spaß daran. Sie haben quasi ihre Leidenschaft zum Beruf gemacht. Ähnlich wie Jan Ulrich oder Pete Doherty. Da ich aber der Meinung bin, dass emsige IT-ler ebenso hohe Gehälter wie Jan Ulrich beziehen sollten, gebe ich gelegentlich auch Geld.

Hast du einen Blackberry (diese kleinen Dinger, mit denen man Mails verschickt)?

Äh. Keine Ahnung. Heißen die Dinger, mit denen man Mails verschickt, nicht Mailaccounts? Oder Computer? Oder meint ihr Outlook? Oder Entourage (so heißt das bei geilen truckfahrermützentragenden Mac OSX-Usern, wie ich einer bin). Wovon redet ihr bloß? Gibt's diesen Blackberry »im Kuttner-Style«?

Jetzt mal im Ernst: Wirst du nervös, weil überall Rucksäcke explodieren?

Ganz ehrlich? Ja. Trotzdem bin ich sehr dafür, sich nicht irre machen zu lassen. Dass das Terrorismusproblem kein Hype ist, dürfte klar sein. Trotzdem sollte man aufpassen, dass man künftig nicht hinter jeder Reisetasche, deren Aussehen einem nicht gefällt, einen Irren mit Bombe vermutet.

10%

2
1
3
4
2
15
16
9
10
17
11
12
19
18
13
14
20
21

Kartoffeldruck-Phase

Kondome
am Kölner Weltjugendtag

Freust du dich auf den Weltjugendtag?
Habe meine Kölner Phase ja soeben beendet. Irgendwann werde ich aber sicher eine Ausstellung machen: Sarah Kuttner – die Kölner Phase, Kartoffeldrucke und Handyfotos 2002–2005. Zum Weltjugendtag werde ich nicht extra anreisen. Ein Kölner Freund erzählte mir aber gerade von einigen Unpässlichkeiten, die durchaus amüsieren. So verteilt die Stadt Köln in allen Parkanlagen Kondome, was von einem recht kopulationswilligen Christenbild kündet. Auch fanden konservative Altchristen die Veranstalterformulierung, es werde sicher ein »Heidenspaß«, nicht sonderlich komisch.

Eine Studie hat herausgefunden, dass die Anti-Baby-Pille das Risiko erhöht, an gewissen Krebsarten zu erkranken.
Ich weiß nicht. Und in drei Jahren heißt es dann wieder, dass Kondome Haarausfall unter den Achseln verursachen und DVD-Bonusoptionen schlecht für die Augen sind. Mich kann so etwas nicht mehr schocken. Es wird ja auch alle zwei Wochen von irgendwelchen semi-seriösen Wissenschaftlern mit guten Nachrichtenagenturkontakten herausgefunden, dass Bier, in Maßen genossen, unglaublich intelligent macht oder dass man auf

Weltjugendtagen die befreiendsten Gangbang-Erlebnisse haben kann.

Würdest du eine Kreuzfahrt machen?
Ich hatte mal das Vergnügen eines mehrmonatigen Drehs auf der AIDA. Mir hat das ja gefallen, wie ich ja überhaupt auf organisiertes Reisen stehe. – Deckliegestühle und Kapitänsdinners, das ist genau meine Tasse Tee. Auch der raue Ton auf See gefällt mir. Sven Schuhmacher war auch mit, und ich hatte das Vergnügen, ihn bei diversen Stopps mit entblößter Brust in hüfthohen Gewässern stehen zu sehen. Ein Bild, dass mich zu einigen meiner besten Kartoffeldrucke inspirierte.

Muss Open-Air-Kino wirklich sein?
Nee. Muss nicht sein. Ich hab das einmal gemacht und festgestellt, dass man letztlich doch nur in der Gegend rumguckt. Da Kino aber nicht zum In-der-Gegend Rumgucken erfunden wurde (ebenso wenig zum Ansprechen potenzieller neuer Partner, zum lauten Herumschreien oder zur Aussprache mit seinen Eltern), geh ich da nicht mehr hin. Immer dieser mitteleuropäische Sommerwahn, alles, was drinnen betrieben wird, auch draußen betreiben zu wollen! Ich glaube, wenn man einen Italiener fragt, wo's denn hier zum nächsten Open Air-Kino geht, dann ... dann ... dann weiß der, glaub ich, nicht, was das soll. Ich halte übrigens auch nichts von romantischen Hinterhofprojektionen auf Nachbarshäuser, bei denen mittels Videobeam oder Diaprojektor anderen Leuten nachts von romantischen Sommer-Event-Freaks in die Bude geleuchtet wird.

Überzeugen dich Politiker, die das Internet für ihren Wahlkampf nutzen?

Sie überzeugen mich hierdurch zwar nicht, aber die Verwendung des Internets ist doch genauso legitim, wie wenn man sich in der Fußgängerzone auf eine Kiste stellt und »Kreuzfahrtreisen für alle!« brüllt.

Angeblich nutzen fast eine halbe Million Deutsche schon Voice-over-IP. Hast du schon mal übers Internet telefoniert?

Nein. Glaube ich zumindest. Keine Ahnung. Geht das mit Blueberry? Weiß ich nicht.

Christoph Schlingensief plant auf einem ehemaligen DDR-Regierungsflugplatz nahe Berlin ein neues Theaterprojekt.

Das soll er mal machen. Ohne mir alles angucken zu müssen, was der Mann treibt, finde ich ja, dass der immer noch gebraucht wird. Gerade weil er so populistisch ist, was im Zusammenhang mit Kunst eh ein blöder Begriff ist.

Was wird besser?

Fragt mich das bitte noch mal, nachdem der Papst da war.

Die Fellparka-Partei

Zeit für Oboe,
Sex und Raumfahrt

Edmund Stoiber hat schlecht über die Ossis gesprochen. Verliert die Union deswegen jetzt die Wahl?

Der hat schlecht über Oasis gesprochen? Tsss, dabei war die letzte Platte doch wieder ganz okay. Ich glaube aber nicht, dass die Union wegen einer Handvoll Oasis-Fans die Wahl verlieren wird. Denn Oasis-Fans wählen doch sowieso die Fellparka-Partei.

Ist der Film »Sin City« wirklich zu brutal? Was denkst du über die Debatte rund um die Comicverfilmung?

Ich habe »Sin City« noch nicht gesehen. Aber da es sich um eine Comicverfilmung handelt, die ja auch bewusst mittels stilisierter Comicsprache überzeichnet, kann ich mir nicht vorstellen, dass der Film zu brutal ist. Ich finde diese Debatte generell verlogen. Mit 18 sollte man so gefestigt sein, dass man in der Lage ist, reale von überzeichneter Comic-Gewalt unterscheiden zu können. Man kann ja auch Donald Duck und Goofy deutlich vom eigenen Bekanntenkreis unterscheiden. Also meistens zumindest.

Müssen wir alle viel mehr über Raumfahrt wissen?

Nein. Ich hoffe nur für alle Raumfahrer, dass man sie hinreichend über das Thema Raumfahrt aufgeklärt hat. Notdurftverrichtung, die Handhabung von Astronautennahrung, Onanie im Weltall und so weiter. Meinerseits besteht hier kein weiterer Aufklärungsbedarf. Und sosehr ich auch nachts davon träume, mal einen Planeten zu entdecken, »Bernd« zu taufen und als Erste zu betreten, muss ich doch anerkennen: Mir fehlt einfach die Zeit für Raumfahrt.

Das nächste große Ding der Pharmaindustrie ist angeblich Viagra für Frauen.

Spitze und überfällig. Bei der aktuell grassierenden jugendlichen Sexverdrossenheit wird es durch den verstärkten Viagra-Einsatz bei liebeswilligen Rentnern und Rentnerinnen demnächst vermutlich zu einer Verschiebung der sexuellen Glanzzeit ins hohe Alter kommen. Soll mir recht sein. Für Sexualität habe ich derzeit nämlich ähnlich viel Zeit wie für Raumfahrt.

Was denkst du über Medikamente für den weiblichen Orgasmus?

Wenn die dafür sorgen, dass Frauen, die bislang keinen hatten, dann einen bekommen können: bitte weiterforschen. Manche Frau, die keinen Orgasmus kriegt, sollte aber vielleicht auch einfach nur mal den Mann wechseln – oder diesen der Forschung zur Verfügung stellen.

Apple bringt eine neue Computermaus auf den Markt. Interessiert dich das?

Ich bin ja stark anfällig für Neuerungen auf dem Sektor der Computerfrisierung. Der Laie in mir fragt sich aber ratlos, was diese Maus denn bitte anderes können soll als herkömmliche Computermäuse. Toll fände ich ja eine kabellose Maus mit Sender, da mir die gesamte Redaktion immer aufs Mauskabel latscht oder damit Gummihopse spielt.

Soll man ein Instrument spielen können?

Wenn man in einer Band spielt, kann dies von Vorteil sein. Ansonsten finde ich zwar, dass man gar nix können muss. Dennoch fällt es mir recht schwer, meinen Neid zu zügeln, wenn mein Tischnachbar Sven Schuhmacher nach dem mittäglichen Redaktionsessen seine Oboe anwirft und uns in raumfahrtähnliche Trancezustände trompetet.

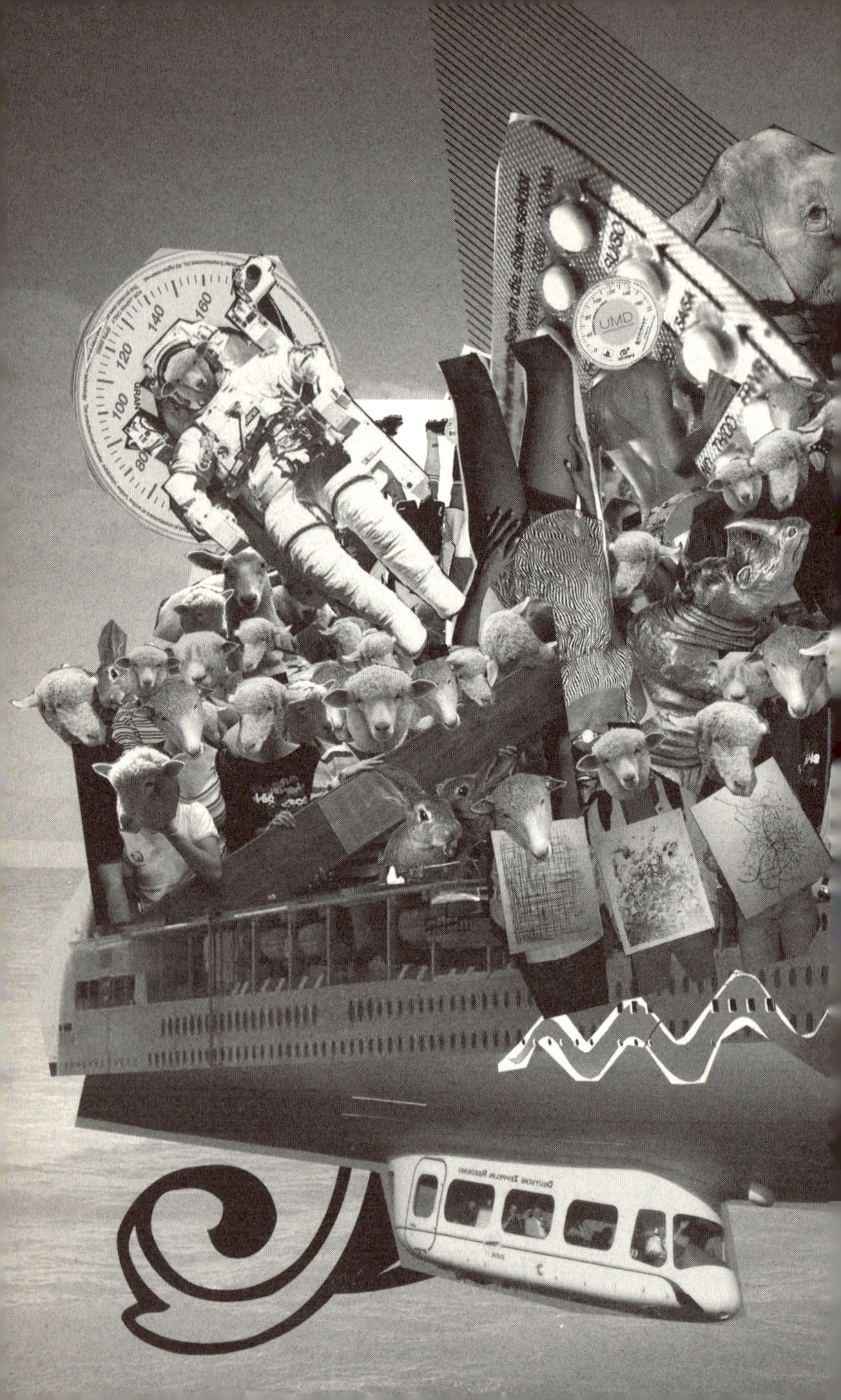

80
100
120
140
160
UMD
Deutsche Zeppelin Reederei

140
SONY
PSP

Tragbare Rock-Opas

Sarah über Sommer,
Stones und PSP

Warum sind alle so aufgeregt, nur weil die Rolling Stones ein neues Album veröffentlichen?

So langsam kann man das mit dem Altern im Rock 'n' Roll etwas entspannter sehen. Dadurch, dass immer mehr Musikanten ewig weitermachen (Bob Dylan, Neil Young, Paul McCartney, die Stones), ist es längst kein Unding mehr, in diesem Job zu altern. Die haben den ganzen Kram erfunden, sollen sie doch weitermachen, so lange es die Pflegedienstleitung gestattet. Die tun einem ja nix – und wer keine Lust auf ältere Gentlemen mit Piratenohrringen hat, kann diese ja weiträumig umfahren. Betonung auf »weiträumig«. Nicht, dass es nachher heißt, die Kuttner hätte dazu aufgerufen, Keith Richards umzufahren.

Die Playstation Portable kommt auf den Markt. Interessierst du dich für tragbare Spielkonsolen?

Ich schaue mir ja wie viele Frauen voller Begeisterung die einschlägigen Playstation-Präsentationsübertragungen aus Mailand oder Paris an. Trotzdem frage ich mich oft: Wer bitte soll das tragen? Von daher soll mir so eine tragbare Konsole nur recht sein. Tragbare Mülleimer scheinen mir aber wesentlich dringender erforderlich. Oder tragbare Haltevorrichtungen für all die tragbaren Produkte, die man dauernd mit sich herumtragen muss.

Ist der Sommer 2005 wirklich so schlecht, wie alle behaupten?

Das kommt wohl auf die Definition des Wortes »Sommer« an. Versteht man unter »Sommer« ein einziges endloses gathering spärlich bekleideter Menschen in mediterrananmutendem Umfeld, dann war das wohl kein Sommer. Zum Glück besitze ich keine tragbare Spielkonsole. Hätte wirklich nicht gewusst, wo ich die bei dem Wetter hätte hintragen sollen. Von diesen meteorologischen Oberflächlichkeiten mal abgesehen, habe ich in den letzten paar Wochen ja viel Lebensfreude durch den Umzug meiner Redaktionskameraden nach Berlin erfahren. Von daher: war schon okay. Ansonsten rate ich einfach zu exzessivem Johanniskraut-Missbrauch und loungigen Zusammenkünften in Sonnenstudios zu fiesem Café-del-Mar-Gedudel.

Auch schon über die hohen Benzinpreise geschimpft?

In meinem ausladenden Körper wohnen zwar diverse Sparfüchse, Geizkrägen und Pfennigfuchser. Beim Betanken meines umfangreichen Wagenparks kann ich die Herrschaften aber ganz gut im Zaum halten. Mein Sparreflex äußert sich eher darin, dass ich überteuerte Schnöselkleidung gezielt hängen lasse. Kann aber hier gerne mal, falls gewünscht, über die Benzinpreise schimpfen: »Ihr blöden, impertinenten, missgünstigen Gnomen-Benzinpreise, ihr! Eure Mütter hören die Flippers, und eure Väter tragen Piratenohrringe! Ihr mögt vielleicht hoch sein, aber ihr tut mir ganz schön Leid mit eurer erbärmlichen Höhe, ihr Pillemänner!«

Michel Houellebecq veröffentlicht sein neues Buch. Es heißt »Die Möglichkeit einer Insel«. Wirst du es lesen?

Nur wenn es tragbar ist.

Stimmt's: Als Junge sollte man eine Krawatte binden können. Oder?

Ach, ich tue mich ja schwer mit den »Sollte-man-können-Müssens« dieser Welt. Trotzdem finde ich es hübsch, wenn junge Herren diese Kunst beherrschen. Wenn ich überlege, wie oft ich schon, halb versonnen, halb erregt, auf meinem Bett gelegen habe und »Noch mal, noch mal!« geschrien habe, während sich vor meiner Ruhestätte junge Burschen wieder und wieder ihre Windsor-Knoten anlegten …

Was wird besser?

Der Sommer 2017.

Wählen mit Mike Krüger

Sarah plant
den Sonntagabend

Die Schule geht wieder los. Was schreibst du dir in den Stundenplan?

Eigentlich sollte man jeden 1. Schultag nach den Sommerferien als Erwachsener dazu nutzen, sich lautstark (und mit vielen Getränken) darüber zu freuen, dass der Quatsch vorbei ist. Aber: Bildung tut natürlich not, sonst landet Deutschland total im Aus. Eine Bildungsreform, die auf neue Bildungsanforderungen reagiert, scheint mir hier zwingend. Ich plädiere an dieser Stelle dringend für die Einführung der Leistungskurse »Alltagspoesie«, »Freigeistigkeit«, »Freundlichkeit« und »Tischfußball«. Zwei schulische Missstände gehören aber auch noch kritisiert: 1. sollte man endlich mal auf den Ratschlag von Experten hören und die Schule später beginnen lassen. Und 2. sollten sich Deutsch- und Englischlehrer abgewöhnen, sich durch das Abhandeln von Toten Hosen-, Beatles- oder was auch immer-Songtexten an ihre Schüler ranzuschmeißen.

Waldbrände, Hochwasser, Hurrikane. Spinnt die Natur jetzt total?

Hm. Glaube nicht, dass man der Natur da einen Vorwurf machen kann.

Die neuen Trikots der deutschen Fußballnationalmannschaft sind durch eine Panne vorzeitig entdeckt worden.

Oh, das wusste ich nicht. War ursprünglich mal angedacht, die Dinger vor den Spielern zu verstecken und sie suchen zu lassen? Na ja, ich scherze hier leichtfüßig. Dabei ist das ja eine ernste Sache. Durch das vorzeitige Enthüllen der neuen Trikots können sich künftige Gegner jetzt schon auf den Look einstellen und strategisch darauf reagieren. Der ursprüngliche Plan, gegnerische Mannschaften durch das Tragen von vollkommen anstrengend gemusterten Trikots in den Wahnsinn zu treiben, ist somit gescheitert.

Sehen eigentlich alle neuen Autos auf der IAA irgendwie gleich aus?

Das war, glaube ich, schon immer so. Hätte man 1977 hundert Achtjährige ein Auto malen lassen, hätten alle hundert grundsätzlich das gleiche Auto gemalt. Und auch heute malen die Achtjährigen immer noch alle die gleichen Autos. Ich muss das wissen, ich hänge oft mit Auto malenden Achtjährigen rum. »Irgendwie gleich« sehen Autos ja sowieso aus, ähnlich wie Schuhe oder Pflanzen ja auch »irgendwie gleich« aussehen. Ich glaube, ich erwarte von Autos einfach keine pfauenhafte Andersartigkeit. Ganz im Gegensatz zu … Bleistiftspitzern.

Wann das letzte Mal eine Hörspielkassette angehört?

Tatsächlich stellt die Berieselung durch Hörspielkassetten für mich ja die beste Einschlafhilfe überhaupt dar. Oft reicht aber auch, sich die neuen Trikots der Nationalmannschaft vorzustellen, und – Zack! – bin ich weg. Tatsächlich ist meine Hörspielleidenschaft aber so ein bisschen zum Erlahmen gekommen. Bin ja jetzt auch schon 45, und da interessiert man sich für andere Sachen: Autoformen und so was. Nach wie vor nehmen meine Hörspielkassetten in meinem Wohnzimmerregal ordentlich Platz ein. Nicht so viel Platz wie meine Sammlung seltener Steine, aber man kann schon von einer Kassettothek sprechen.

Mit welchem Gruß unterschreibst du eigentlich deine E-Mails?

Ich bin kein großer Grüßer, ich komme relativ schnell zur Sache (und somit auch zum Abschluss derselben). Finde auch, dass man nicht sonderlich originell grüßen und verabschieden sollte. Hier scheint mir eher Pragmatismus angemessen. Ich glaube, meistens schreib ich einfach: tschö.

Weißt du schon, wo du am Wahlsonntag um 18 Uhr sein wirst?

Nein. Das ist noch zu weit weg, und der Event-Hype um die Wahl wird mich nicht zu grotesken Vorplanereien verleiten. Aber es ist relativ wahrscheinlich, dass dort, wo ich bin, ein Fernseher laufen wird, auf dem Franz Beckenbauer gemeinsam mit Mike Krüger eine erste Wahlanalyse abgibt.

Bandsalat & Wiesn-Hit

Aber Massen-Benefiz
geht nicht anders

Dein Vorschlag für den Wiesn-Hit 2005?

Nein. Besteht da noch Bedarf? Vielleicht sollte man beim Wiesn-Hit zur Abwechslung mal nicht auf Lebensfreude, sondern auf Schwermut setzen. Passt ja genauso gut zu exzessivem Alkohol-Konsum. Vielleicht »Time To Say Goodbye« noch mal rauskramen. Dieses Stück, ohrenbetäubend laut durch ein bierseliges Festzelt geblasen, müsste ziemlich gut kommen. Kann mir auch Wagner sehr gut vorstellen, dann bekäme das Ganze auch noch etwas Apokalyptisches.

Wofür steht der Punkt am Ende des Namens deiner Show?

Der Punkt ist gleichzeitig Schlusspunkt und Ausgangspunkt zahlreicher Nachwanderungen durch die Untiefen der Massenkultur. Ach, was weiß denn ich? Wahrscheinlich ist dem netten Menschen, der den Schriftzug gestaltet hat, einfach nach drei Eimern Prosecco die Nase auf die Punkt-Taste seiner Mac-Tastatur gefallen. Die größten Geheimnisse der Popkultur sind ja durch Zufälligkeiten entstanden. Man denke nur an die Frisuren der Beatles: Die stellten bei ihren Deutschlandauftritten Anfang der 60er fest, dass man auf dem Festland andere Steckdosen hat, sodass die berühmten Beatles-Föne nicht installierbar waren. Oder an Mickey Rourkes Gesicht.

Was hältst du von diesen Silikon-Armbändern, die es jetzt überall gibt?

Hier schneidet ihr mit scharfem Messer einen Reiz-Kuchen an. Sehe ja ein, dass sich Massen-Benefiz (nicht zu verwechseln mit Massen-Malefiz!) nur durch totalen Populismus herstellen lässt. So viel zum weißen Ausgangsbändchen. Allerdings gehen mir die ganzen doofen Plastikarmbänder, die in der Folge aufgekreuzt sind, extrem auf den Zeiger: Bändchen gegen Eifersucht, Bändchen gegen Einsamkeit, Bändchen gegen Reggae mit deutschen Texten, Bändchen gegen Bändchen. Demnächst auf RTL: die große Bändchenträgergala – moderiert von Hugo Egon Balder und der ersten TV-Live-Darbietung des diesjährigen Wiesn-Hits.

Hast du schon mal eine MMS verschickt?

Ja, kommt gelegentlich vor. Wenn ich nachts durch die Straßen laufe und auf einem Platz einer großen Menschenschar beim Massen-Malefiz begegne, ist dies ein Motiv, das – als MMS an viele Freunde geschickt – spontane Freude auslösen kann. Auch toll ist es, Verletzungen (aufgeschürfte Knie, entzündete Zähne) mit dem Handy zu fotografieren und diese dann zum Ekel aller zu verschicken.

Was muss man zur Popkomm wissen?

Na ja. Das Line-Up ist ja nicht das das weltbewegendste. In bösartigen Momenten bin ich ja kurz geneigt zu denken (oh, ein Reim), dass ja selbst das letzte Straßenfest in Köln-Sülz besser bebucht war. Aber immerhin spielt die beste neue Band der Saison: Art Brut. – Eins sollte man aber wirklich wissen: Wenn vor irgendeinem Raum ein Schild hängt, auf dem steht »Wege aus der Krise der Musikindustrie. Eintritt frei«, dann sollte man sich schleunigst auf dem Absatz umdrehen und irgendetwas anderes machen. Zur Wiesn fliegen zum Beispiel und dort schon mal vor dem Eingang zelten.

Gerhard Schröder auf Oasis-Kurs

Der Kanzler mutiert
zum Liam Gallagher
der deutschen Politik

Ist das jetzt der Winter da draußen?
Während ich dies hier schreibe, entscheidet sich der Sommer zu einem letzten Ausbruch. Danach aber beginnt wohl endgültig diese seltsame Jahreszeit, die hierzulande Herbst, Winter und Frühjahr ersetzt. Eigentlich kann man Herbst, Winter und Frühjahr quasi linksbündnismäßig zu einer kommerziell erfolgreicheren Jahreszeit zusammenziehen. Sie dauert etwa von Ende September bis Juni und ist von Dauergraupel und Serotonin-verdrängender Himmelsverhangenheit geprägt. Von etwa Ende Juni an macht diese Jahreszeit kurz Pause für wärmliches Regenwetter; Ende September wird es dann kurz 50 Grad, und dann geht's wieder von vorne los.

Was kann man aus der Wahl lernen?
Man sollte besser nichts aus Wahlen lernen, das führt nur zu neuen Fehlentschlüssen. Bewundernswert ist aber der von der SPD eingeschlagene Oasis-Kurs: Obwohl man eigentlich abgedankt hat und nichts mehr hinbekommt, wird einfach rotzfrech behauptet, man sei immer noch die best fucking Partei in the world. Und einige glauben es sogar. Schröder und Müntefering sind die Gallagher-Brüder der Politik, das ist bemerkenswert. Und Schröder ist nach seinem Elefantenrunden-Auftritt, bei dem er rumgeblafft

hat wie nach 12 Säcken Koks, definitiv Liam Gallagher. Ansonsten hat uns die Wahl neben allerlei Chaos vor allem nur eins der fiesesten Quatsch-Wörter seit langem beschert: »Schwampel«. Ein Wort, das hiermit von mir zum ersten und letzten Mal benutzt wurde.

Mit wem würdest du in Koalitionsverhandlungen treten?
Meine sexuellen Präferenzen gehen niemanden etwas an!

Rucksack oder Umhängetasche?
Der Tag, an dem man mich mit einem Rucksack auf dem Rücken durch den Dauergraupelregen schlurfen sieht, muss erst noch kommen. Sollte mich tatsächlich mal jemand mit einem Rucksack antreffen, gewinnt er oder sie einen Tag in diesem Rucksack und wird von mir durch die Gegend getragen. Rucksäcke sind ein besonders unschönes Symbol für den Sieg von Zweckmäßigkeit über Schönheit. In der Politik mag das Sinn machen, im Taschenwesen aber nicht.

Kannst du eigentlich kochen?
Ich bekomme gelegentlich Mahlzeiten zustande, die über das Auftauen von Pizzen oder Erhitzen von Fertiggerichten hinausgehen. Kochen kann man das nicht nennen. Marius Müller-Westernhagen ist ja auch kein Popstar – trotzdem steht er auf großen Bühnen und alle klatschen.

Dein Lieblingsobst für den Herbst?
Da mir gerade kein in gewissen Hipster-Kreisen besonders angesagtes Mode-Obst einfällt, verweise ich auf die etablierten Standards: Äpfel, Birnen, Weintrauben, Pfirsiche etc. Man soll ja saisonal essen. Von daher müssten Äpfel ja eigentlich derzeit der Bringer sein.

Das Tanzbein in die Disco tragen

Kim Frank, Franz Ferdinand und Fernando Alonso sorgen für Aufregung

Kannst du den Ostfilm »NVA« empfehlen?
Schwierig. Die in den Dreh verstrickten Menschen sind mir ja alle sehr sympathisch, und mit Kim Frank verbindet mich eine zarte Jungsschwärmerei. Na ja, sie verbindet uns nicht wirklich und war auch recht einseitig, aber immerhin … Trotzdem: Das Thema NVA kitzelt mich nicht so richtig. Falls in Zukunft noch weitere Ost-Filme gedreht werden, möchte ich an dieser Stelle dringend schon mal davon abraten, die Karriere der Puhdys o.ä. zu verfilmen. Ich bezweifle einfach mal, dass es für so etwas einen Markt gibt. Außerdem bezweifle ich, dass ein Film über die Puhdys auch nur einen Punkt von TV-Spielfilm in den Kategorien »Erotik« und »Action« bekäme. Wenn Sie mich aber unbedingt auf dem Film empfehlenden Fuß erwischen wollen, dann rate ich zur Besichtigung von Terry Gilliams »Brothers Grimm«.

Bist du gegen Grippe geimpft?
Nein, aber jetzt, wo Sie mich drauf ansprechen, werde ich's wohl bald sein. Letztes Jahr habe ich mich in meiner Sendung impfen lassen – eine mittelstarke Erkältung habe ich trotzdem bekommen. Mittelstarke Erkältungen können aber im Gegensatz zu gemeinen Grippen wenigstens noch herbstwinterlich zelebriert und als Ausrede zum Nichtstun genutzt werden.

Was denkst du über Fernando Alonso?
Musste den Namen erst bei Google eingeben. Der jüngste Formel-1-Weltmeister, soso. Bedeutet mir nichts. Und, nein, ich würde mir die Verfilmung seines Lebens nicht angucken, nicht einmal, wenn er von Kim Frank gespielt würde.

Zu viel Fernsehen macht Schüler dumm. Was sagst du dazu?
Ich glaube, zuviel Dummes macht dumm, nicht nur Schüler.

Schon das neue Album von Franz Ferdinand gehört?
Nein. Ich gehöre ja zu den wenigen Leuten, denen die erste Franz-Ferdinand-Platte ungefähr so viel gegeben hat wie die vorletzte Puhdys-Platte. Aber ich anerkenne die Wichtigkeit dieser Band: von wegen »das Tanzbein zurück in die Disco tragen« und so. Auf der neuen Platte soll's ja angeblich ein paar sehr schöne Balladen geben – mal sehn, was das so mit mir veranstaltet.

Interessierst du dich für Horoskope?
Schon. Ich nehme sie zwar nicht sonderlich ernst, aber ich lese sie. Die meisten sind ja leider sehr allgemein gehalten: »Wenn Sie es geschickt anstellen, wartet heute eine große Chance auf Sie.« Deshalb bin ich immer wieder begeistert, wenn sich mal einer dieser Horoskopschreiber so richtig präzise aus dem Fenster lehnt. Oder anders gesagt: Ich ziehe meinen Hut vor dem Horoskopschreiber, der schreibt: »Heute um 13 Uhr 47 wird Ihnen beim Aufräumen Ihrer Wohnung eine Puhdys-Platte auf den Kopf fallen.« oder »Heute um 17 Uhr 12 wird Fernando Alonso mit einem Strauß Tulpen vor Ihrer Haustüre stehen und sagen: ›Verfilme mich – bitte!‹«

Gallagher
spd
RS BIA

MICHELIN
03.06.2005
126. Baumblütenfest
Pannes (Boden)
Die
PUHDYS
kommen
SARAH
KUTTNER
DIE SHOW

Patenschaft für einen Studenten

Sarah über Drogenprobleme und Vogelpornos

Die Uni geht wieder los.

Ich bin ja nicht mehr aktiv. Noch vor zwei Jahren hatte ich ja einen Lehrstuhl am Konversationskonservatorium inne. Hat man Lehrstühle inne oder hat man sie einfach? Egal. Thema meiner Vorlesung am Konversationskonservatorium: »Die Innehabung von Lehrstühlen – häufig gestellte Fragen zu Standardformulierungen in der deutschen Sprache«. Danach habe ich kurz an einer technischen Hochschule gelehrt. Thema: Wie man mit 1,60 Meter trotzdem an Sachen rankommt, die 1,70 Meter hoch sind. Jetzt, in meiner nichtaktiven Zeit, geht das Thema allerdings etwas an mir vorbei. Aber wir werden in meiner Show demnächst die Patenschaft für einen Studenten übernehmen – ich verschließe also nicht die Augen vor den Problemen unserer Elite.

Wir haben noch gar nicht über Kate Moss und ihre Drogenprobleme gesprochen. Was gibt es dazu zu sagen?

Ach, immer diese Drogen! Grundsätzlich ist Kate Moss ja eher sympathisch. Und die Drogenenthüllung ist ja in etwa so überraschend, als hätte man Ottfried Fischer heimlich beim Schweinsbratenessen fotografiert. Ein klarer Fall von Doppelmoral also: »Magersüchtig übern Laufsteg latschen:

hui – Naschen aus der Rauschgiftdose: pfui.« Trotzdem: mein Mitleid mit Drogenvögeln aller Art hält sich in Grenzen – vor allem bei solchen, die Kinder großziehen. Wünsche von daher: gute Ausnüchterung!

Sollte die Türkei zur EU gehören?

Ja. Als EU-Mitglied müssen Reformen noch weiter vorangetrieben werden. Darüber hinaus ist die Türkei wichtig für Europa als »Brücke« zum gesamten arabischen Raum.

Sollte man Aktien besitzen?

Nein. Das ist nix für junge Leute. Mir würden da nur ständig die Unterlagen verbummelt gehen.

Was denkst du über die Vogelgrippe?

Wenig. Sie ist und ich bin trotzdem. Mir fällt es schwer, hier Panikmache und reale Bedrohung auseinander zu halten. Habe jedenfalls meine privaten Hühner präventiv ins Haus getrieben. Da sitzen wir jetzt, diskutieren über Aktien und schauen Vogelpornos.

Hast du einen (musikalischen) Hörtipp für den Herbst?

Definitiv und mit Ausrufungszeichen die Decemberists, eine amerikanische Band, die gerade ein tolles Debütalbum mit halbakustischen Übersongs gemacht hat. Live neigen die allerdings zu albernen Verkleidungen, was ich eher verstörend finde. Musiker sollten sich nicht verkleiden – das sollten sie Hape Kerkeling überlassen. Coldplay allerdings könnten zu ihrem jetzigen Zeitpunkt ihrer künstlerischen Stagnation ein paar Verkleidungen ganz gut tun. Chris Martin als Vogelgrippe verkleidet. Oder als armer Student. Oder als Huhn.

Rollkragenpullis zu Eierbechern

Herbstgedanken über
Robbie Williams, Angela Merkel
und Kürbisköpfe

Robbie Williams ist wieder da. Da freuen sich doch alle Mädchen. Du auch?

Ich finde ja, dass Robbie Williams, der Musikant, der liebe Herr Gesangsverein, immer zu Unrecht in den Schatten des Phänomens gestellt wird. Na ja, wobei er da natürlich zuallererst mal selbst dran schuld ist. Was ich schlichtweg sagen möchte ist: Robbie Williams hat pop-handwerklich – im Gegensatz zu Madonna und Michael Jackson – bislang noch nichts wirklich Schlechtes abgeliefert. Na ja, das Swing Album war nicht die beste Idee – wobei die Nachahmer das Schlimmste daran waren. Andererseits währen die Karrieren von Madonna und Michael Jackson natürlich schon länger. Ach, ich verzettele mich …

Angela Merkel wird Bundeskanzlerin. Da müssten sich doch auch alle Frauen freuen, oder?

Ich finde es vollkommen egal, ob unsere Bundeskanzlerin nun ein Mann ist oder der Landwirtschaftsminister ein Transvestit. Wenn man es aus EMMA-feministischer Position tatsächlich beklatschenswert findet, dass irgendeine Frau den Kanzlerjob kriegt, finde ich EMMA-Feminismus sonderbar.

Sind Rollkragenpullis tatsächlich der Modetrend für den Herbst/Winter?

Keine Ahnung. Mir machen Rollkragenpullover Angst. Ich fühle mich da immer sehr schnell beengt und dem Erstickungstod nah. Außerdem sieht man damit immer direkt wie Anett Louisan aus. Vor allem glatzköpfige Männer sollten aber Rollkragenpullover vermeiden – die wiederum sehen dann nämlich aus wie ein Ei im Becher, und was mit denen passiert, weiß man ja. Ich finde, Rollkragenpullover sollten ausschließlich von Jazz-Bassisten, Polit-Kabarettisten und 70erJahre-Schnurrbart-Schauspielern auf Skihütten getragen werden.

Der Kürbis als Herbstgemüse ist doch völlig überbewertet.

Der Kürbis ist generell überbewertet. Auch als pro-amerikanisches Gruselrequisit. Schlimm sind aber vor allem flippige Saison-Köche, die jetzt die ganze Jahreszeit hindurch alles mögliche mit Kürbissen anstellen, was man definitiv nicht mit ihnen anstellen sollte. Ich finde, man sollte den Kürbis zu irgendetwas Schützenswertem erklären und auf dem Acker lassen. Es muss auch Gemüse geben, das nicht gegessen wird.

Was hältst du von der Idee, die PKW-Maut auf deut schen Autobahnen einzuführen?

Nix. Sehr gut finde ich hingegen die von meinem Lieblingspolitiker Ingo Wolf (FDP) vorgetragene Idee, bei Stau auf der Autobahn wenden zu dürfen. Da könnte einiges an Bewegung aufkommen …

Im Landesmuseum für Vorgeschichte in Dresden ist in dieser Woche die Ausstellung »100 000 Jahre Sex. Über Liebe, Fruchtbarkeit und Wollust« eröffnet worden. Sollte man nach Dresden fahren und sie anschauen?

Ach, in Dresden lässt sich bestimmt eine Menge Wichtigeres tun. Ich finde, Sexualität ist ohnehin omnipräsent, da braucht's keine solche Ausstellung mehr. Aber vielleicht tue ich der Ausstellung ja auch Unrecht, und es lässt sich dort noch einiges lernen. Vielleicht gibt es ja Ausstellungsräume zu interessanten Sub-Themen wie »Der Einfluss des Rollkragentragens bei Schnurrbartmännern auf die weibliche Erregbarkeit« oder »Transvestiten in hohen politischen Ämtern«.

Sie hat uns belogen, sie isst doch Riegel!

Sarah Kuttner erklärt, wie sie Benjamin von Stuckrad-Barre findet

Schon mal ein neues, weißes Twix gegessen?

Nein. Ich bin aber auch kein großer Riegelkonsument. Bevor ich mir einen Riegel in den Mund schiebe, müssen in den Riegeloptimierungslabors dieser Welt noch einige Testmassen durchgerührt, nachgewürzt und wieder verworfen werden. Mir sind diese ganzen Riegeleien allesamt zu derbe, grobschlächtig und LKW-Fahrer-haft. Wenn es in den Bereich von Süßwaren geht, lege ich eher altdamenhafte Züge an den Tag. Diese pseudo-schnöselige Besserverdienerschokolade – Halbbitter trifft Orangenaroma: Das ist genau meine Kragenweite. Wenn jemand es schafft, einen Halbbitterriegel mit Orangenaroma herzustellen, dann werde ich dem oder derjenigen sofort den Nobelpreis für überflüssige Höchstleistungen verleihen.

Sollte Jürgen Klinsmann eigentlich in Deutschland wohnen, wenn er schon deutscher Bundestrainer ist? Oder kann er in Kalifornien wohnen bleiben?

Der kann wohnen, wo er will. Andere Deutsche wohnen ja auch im Ausland. Und da sich E-Mail und Internet ja mehr und mehr durchsetzen, ist ja auch die Kommunikation über Landesgrenzen hinaus kein Problem mehr. Internet gibt's doch noch, oder?

Ein Fleischskandal erschüttert Bayern. Hast du auch schon mal wem Abfälle unbemerkt untergeschoben?

Nein. Ich stehe zu meinem Müll. Er ist überschaubar und weitestgehend unspannend. Bob Dylan hatte ja in den 70ern extrem fanatische Fans, die auch nicht davor zurückschreckten, seinen Müll zu durchwühlen, um darin eventuell Aufzeichnungen, genialische Skizzen, Heroinspritzen o.ä. zu finden. Bei mir wäre das sinnlos, da ich nur langweiligen Mumpitz wegwerfe. Vielleicht sollte ich aber anfangen, ab und zu was Interessantes in meinem Müll zu versenken, auf dass es von einem Kuttner.-Fanatiker wieder rausgebuddelt und an die Öffentlichkeit gebracht werde. Angefangene, gefälschte Briefe an Jürgen Klinsmann mit Vorschlägen zur Aufstellungsverbesserung vielleicht. Oder Twix-Papierchen, damit empörte Ex-Fans dann sagen können: »Sie hat uns alle belogen, sie isst doch Riegel!«

Auf Bohrinseln konsumieren die Mitarbeiter Drogen. Deshalb hat die amerikanische Ölindustrie zusehends Personalprobleme.

Drogen finde ich ja ungut. Drogen machen begriffsstutzig, hässlich und verlangsamen die Reaktionsfähigkeit beim Tischtennis. Das vorab. Trotzdem: Ist doch logisch, dass die Arbeiter auf Bohrinseln Drogen nehmen. Jede Form der menschlichen Kasernierung zieht irgendwann den Wunsch nach künstlich herbeigeführten Scheinwelten nach sich. Was sollen die Arbeiter auf den Bohrinseln denn sonst auch machen? Wahrscheinlich gibt's pro Bohrinsel höchstens eine Bibliothek, einen Spielsalon und ein Kino, wo vermutlich jetzt gerade »Bridget Jones, Teil 1« anläuft. Und spätestens nach Teil 2 hätte auch ich, sofern ich auf einer Bohrinsel gefangen wäre, ordentlich vom Drogen-Buffet genascht.

Jetzt mal unter uns: Wie findest du denn eigentlich Benjamin von Stuckrad-Barre?

Ich musste ihn noch nie suchen. Ich habe aber schon von anderen Leuten, die mit ihm Verstecken gespielt haben, gehört, dass er die wildesten Verstecke drauf hat und sich in Extremmomenten sogar schon als Benjamin Lebert verkleidet hat, um nicht gefunden zu werden.

Dank Tattoo-Vergleich zum Spiegel-Praktikum

Von Herbstdrachen,
Brot-Tätowierungen und anderen
schön anzusehenden Dingen

Drachen steigen lassen: ganz großer Spaß oder ganz großer Mist?

Passiv finde ich das ja sehr schön. Das Bild eines Vaters, der seinem Sohn einen Drachen emporflattern lässt, empfinde ich als herbstlich einlullend und somit schön. Aktiv ausgeübt ist Drachen steigen lassen aber eine eher öde Angelegenheit – noch öder eigentlich als Zwieback essen oder Jack-Johnson-Platten hören. Allerdings sieht Zwieback essen und Jack-Johnson-Platten hören für Dritte aus der Ferne nicht annähernd so herbstpoetisch aus wie Drachen steigen lassen. Tollkühnen Mitmenschen mit Sinn für extreme Herbstaktivitäten empfehle ich aber zur Abwechslung mal eine Drachenbesteigung.

In deiner Sendung hast du deine Tätowierungen mit denen von Jürgen Vogel verglichen. Hättest du gerne getauscht?

Nein. Wobei: Ehrlich gesagt, erinnere ich mich gar nicht mehr an den Vergleich. Hilfe, ich werde alt. Haben wir sonst noch irgendwas verglichen? Oje …

Und mit dem Tomte-/Kettcar-Booker Philip Styra. Der hat ja immerhin ein Stadtwappen auf dem Arm.
Das mit dem Stadtwappen finde ich eine schöne Form des Lokalpatriotismus. Überhaupt – anlässlich der neu aufgeflackerten Leitkultur-Debatte: Die Deutschen sollten sich auf Lokal-Patriotismus konzentrieren. Der ist ungefährlich, ehrlicher und macht weitaus mehr Freude als der zwangslaute, sinnlose Großpatriotismus. Zum Stadtwappen fällt mir noch ein, dass der Sänger der Band The Weakerthans sich ein Brot hat auf den Oberarm tätowieren lassen, »weil er so gerne Brot mag«.

Machst du dir Sorgen wegen der Vogelgrippe? Oder denkst du dir, wird schon gut gehen, wenn bei allen Autos immer schön die Reifen sauber gemacht werden?
In meinem Angsthaushalt ist gerade nicht sonderlich viel Platz für die Vogelgrippe. Mache mir derzeit mehr Sorgen wegen meiner aufziehenden Demenz (s. die Jürgen-Vogel-Frage). Ich verstehe aber, dass Leute aufgrund des derzeitigen medialen Overkills zu dem Thema in Panik geraten und Vogelhochzeiten weiterhin illegal bleiben.

Hast du schon einmal nachgeschaut, was im Internetlexikon Wikipedia über dich drinsteht?
Ja, jetzt eben.

Stimmt alles?
Stimmt so weit. In meinem Fall hat sich Wikipedia keine Schnitzer geleistet. Nur der Part mit dem Spiegel-Korrespondenten klingt etwas unseriös und liest sich so, als habe ich das Praktikum aufgrund eines Tattoo-Vergleichs o.ä. erhalten. Fand die letztwöchige Meldung, bei Wikipedia würde viel gepatzt bzw. Informationen geschönt, nicht un-

interessant. Vor allem die Tatsache, dass kurz vor Start des Wahlkampfes der Eintrag zu Jürgen Rüttgers' »Kinder statt Inder«-Kampagne von einem Bundestagscomputer aus gelöscht wurde, löst natürlich Nachdenklichkeit aus.

Am Samstag findet in Berlin nach der Langen Nacht der Museen / Musik / etc. nun auch die »Lange Nacht des Shoppings« statt. Welche »Lange Nacht« würdest du gerne initiieren?

Die Lange Nacht des Schlafs.

t.A.T.u. sind wieder da –

und Robbie ist nackt.
Aber vor lauter Parkhaus-Eröffnungen
kommt man ja zu nichts

Robbie Williams bietet auf seiner Website neuerdings einen Premiumbereich an. Wer bezahlt, darf ihn nackt sehen. Genialer oder peinlicher Schachzug?
Weder noch. Scheint mir innerhalb des Systems Robbie Williams nur logisch und knüpft ja an die Körper-Sell-Out-Idee vom »Rock DJ«-Video an. Ist ja auch nicht neu die Idee. Auch auf meiner Webseite gab's mal einen Premiumbereich, wo man mich gegen Geld in einem durchsichtigen Taucheranzug sehen konnte. Wollte aber keiner. Jetzt gibt's auf meiner Homepage einen Premiumbereich, wo man mich, sofern man ablatzt, beim Zwiebackessen sehen kann.

Müntefering, Stoiber – nachdem erst alle wollten, reißt sich plötzlich niemand mehr um die Ministerposten in Berlin. Was müsste passieren, damit du dich ins Gespräch bringst? Und für welchen Posten?
Das wäre mir allein zeitlich gar nicht möglich. Ich habe pro Woche mindestens zwei aufreibende Parkhaus-Eröffnungen zu moderieren und bin ja auch noch Aushängeschild der Kampagne »Halbprominente gegen Vollprominente«. Trotzdem: Ich bin deutlich dafür, Politik ausschließlich von Nicht-Politikern erledigen zu lassen. Am besten von Polit-Journalisten, die ja mindestens ebenso qualifiziert sind. Entsprechend sollte Fernsehen nur noch von Fernsehkriti-

kern moderiert werden, und zur WM sollte man ein Team aus Fußball-Kommentatoren entsenden, dann ging's wieder aufwärts in Legoland!

Am Donnerstag ist die Fortsetzung der Erasmus-Komödie »L'Auberge Espagnol« angelaufen. Welche Erinnerungen hast du an deinen Auslandsaufenthalt in London?

Oje, das ist zu lange her. Ich kann mich aber noch daran erinnern, in der Anfangsphase sehr viel Zeit mit heimwehbedingtem Heulen verbracht zu haben. Umso deutlichere Erinnerungen habe ich allerdings an den ersten Teil von »L'Auberge Espagnol«, und es sind nicht die besten. Einer der drei spießigsten Jugendkultur-Filme, die je gedreht wurden. Die Namen der anderen beiden erfährt man gegen Bezahlung im Premiumbereich meiner Homepage.

Die beiden russischen Pop-Lolitas von t.A.T.u. sind wieder da. Freust du dich?

Ja, natürlich freue ich mich. Erst gestern habe ich mit Schaum vorm Mund und vor Erregung taumelnd zu Sven Schuhmacher gesagt: »Sven, ich freue mich so, dass t.A.T.u. wieder da sind!« Ist aber auch toll. War schon komisch, als die weg waren. Deswegen macht ja der Plakatspruch des Vereins zur Förderung russischer Popmusik auch so viel Sinn, der da lautet: »Ohne russische Popmusik is alles komisch.« Auch dieser Kampagne stehe ich ehrenamtlich vor, weshalb ich jetzt hier auch enden muss. Alle weiteren Informationen zu der Kampagne gibt es gegen extrem viel Geld auf www.müntefering-dieshow.de.

Was wird besser?

Uli, einer meiner Redakteure, war beim Friseur. Sieht deutlich besser aus als vorher.

Drehen ja, Pulli nein

Sarah hat ihr eigenes Rauchverbot

Ein Junge, der seine Zigaretten selbst dreht: Männlich oder dämlich?

Doch, das ist sexy. Entscheidend ist natürlich, was der Junge beim Drehen trägt. Umschmeichelt seinen Körper ein lappiger Wollpulli, dann hilft auch die bestgedrehte Zigarette der Welt nix. Aber die Verbindung lappiger Wollipulli/selbst gedrehte Zigarette ist, glaube ich, weitestgehend ausgerottet. Noch anmutiger sind aber selbst drehende Frauen. Da steigen mir auf meiner inneren Leinwand sofort frankophile Galeriebesitzerinnen o.ä. in den Sinn. Wusstet ihr übrigens, dass Nick Cave Selbstdreher ist? Ich glaube, man kann beruhigt feststellen, dass das Selbstdrehen mittlerweile der Castor-Transport-Verhinderungs-Klientel entrissen ist. Womit ich in keinster Weise sagen will, dass Nick Cave Pro-Atommülltransport-Konzerte gibt!

Wie sollte Frankreich mit seiner randalierenden Jugend umgehen?

Ein großes Thema für einen so kleinen Mann wie mich. Ich bin da ratlos, aber zum Glück auch nicht zuständig. Dass ein derartiger Unmut aus sozialer Benachteiligung entsteht, ist ja nur logisch. Dass man es sich als Staat nicht leisten kann, nichts zu tun, ist ebenso einsichtig. Ich werde hier aber einen Teufel tun und einem starken Staat das Wort reden oder dafür plädieren, französische Rockbands zur Beruhigung aufgebrachter Migranten in die Krisengebiete zu schicken.

Wie denkbar oder undenkbar sind solche Ausschreitungen deiner Meinung nach in Deutschland?
Warum sollte das hier undenkbar sein? Da wird schon noch was kommen. Zum jetzigen Zeitpunkt brennen schon Autos in Berlin-Wedding.

Welche Nationalflagge findest du eigentlich am schönsten?
Ein Thema, bei dem bei mir nicht gerade ein Kaminfeuer der Leidenschaft ausbricht. Die Nationalflagge von China hat durchaus was. Ebenso die von Antigua und Barbuda, die aussieht, als habe man einen Flyer für die Eröffnung einer mittlerweile wieder geschlossenen Berliner Szene-Kneipe zweitverwertet.

Und welche geht gar nicht?
Die deutsche Flagge ist natürlich schon recht stumpf, aber jeder hat ja auch ein bisschen die Flagge, die er verdient. Botsuana erinnert zu sehr an den HSV. Und auf den Fahnen von Swasiland und Südkorea herrscht entschieden zu viel Unruhe. Ich glaube, eine gute Nationalflagge liegt irgendwo genau in der Mitte zwischen Swasi- und Deutschland. Man sollte diesen Mittelpunkt berechnen und ein selbst drehendes Expertenteam dorthin entsenden, um die Flagge zu bergen.

Diese Woche erscheint das Album von Pete Dohertys neuer Band Babyshambles – magst du die Musik vom blassen Drogiebär?

Kenne bisher nur die Single, und die fand ich eher enttäuschend. Fahrige Heroin-Musik. Ich glaube zwar immer noch, dass die Größe der Libertines hauptsächlich Pete Doherty in die Schuhe zu schieben ist, aber die Babyshambles lassen mich (noch) kalt, da gibt es nichts zu schieben. All das Kaputte, Zerfaserte, Eierige, Schiefe, was bei den Libertines noch gut ausbalanciert war, steht bei den Babyshambles so dermaßen unansehnlich im Vordergrund rum, dass es langweilt. Aber wie gesagt: Das Album kenne ich noch nicht, und vielleicht werde ich mich demnächst für diese vollkommen unseriöse Prognose in einen Atommülltransporter wünschen.

Meinst du, Pete und Kate Moss kriegen nochmal die Kurve?

In dem Sinne, dass sie sich gegenseitig therapieren, zusammenraufen und durch betreutes Wohnen wieder in die Gesellschaft rücküberführt werden, um später als prominentes Selbstdreher-Paar auf dem »Wetten, dass …???«-Sofa zu landen? Nein.

Piratenparty im Gesicht

Perfekt getarnt
zum Medienhirni-Event

Heute (21.11.) ist Welttag des Fernsehens – was darf man außer »Kuttner.« derzeit auf keinen Fall verpassen?

Gerade den Welttag des Fernsehens sollte man vielleicht mal zum gezielten Verpassen einer vermeintlich lebenswichtigen Sendung nutzen. Man sollte es so richtig stilvoll »nicht hinkriegen«. Vielleicht indem man sich umständlich und mühevoll kurz vor Start der Lieblingssendung aus der Wohnung aussperrt. Davon kann man dann später auch seinen Enkeln erzählen. »Mensch, das werde ich nie vergessen, wie ich mich damals am Weltfernsehtag gezielt kurz vor Start von ›Dance – Der Traum vom Ruhm‹ ausgesperrt habe.‹ Und die Enkel werden wohl so was denken wie: »Wahnsinn, diese Anfangsphase des 21. Jahrhunderts, so viel Aufmüpfigkeit wird sicher nie wieder kommen.«

Berliner Männer tragen wieder Bart, verrät uns das Hauptstadtmagazin Zitty. Ein Trend in deinem Sinne?

Das kommt darauf an, welchen Kopf welcher Bart umkranzt. Schmale Bushido-Bärtchen, die aussehen, als habe sich Mutti für die Piratenparty irgendwas mit Filzstift ins Gesicht gekrakelt, lösen bei mir keine Barteuphorie aus. Es gibt aber gekonnte, sich Bart-nah verhaltende Formen der Unrasiertheit, die ich durchaus zu schätzen weiß. Gut fände ich es, wenn Männer – analog zu falschen Wimpern bei Frauen – vielleicht auch den falschen Bart mit Umschnallgummi als modische Chance erkennen. Vielleicht ist das ja was für 2006.

Und wie findest du den Bart von Matthias Platzeck?
Das ist ja fast eher so eine Bart-nahe Unrasiertheit. Ist mir egal. Allerdings unterstelle ich Platzeck, dass er sich nur deshalb nicht rasiert, weil er sein Gesicht im rasierten Zustand als zu langweilig empfindet. Ist okay, der Bart; es gab im vergangenen Kabinett schlimmere (s. Struck).

Außerdem ist wieder Erkältungszeit – was ist dein Geheimrezept gegen Schnupfennase und kratzenden Hals?
Da gibt es wohl keins. Ich habe allerdings in meinem Freundeskreis so einige Gestalten rumlaufen, die zu präventiven Wundermitteln greifen. Einer schüttet sich zum Beispiel ganzjährig Umchaloabo (oder wie das heißt) in die Birne. Wenn er dann doch krank wird, pflegt er einem entgegenzukrächzen: »Ja, aber ohne Umchalodingsbums wäre alles noch viel schlimmer, und ich läg schon auf der Intensivstation.« – Abends im Bett lasse ich mir aber dann und wann einen gepflegten Wick Medinait-Rausch gefallen. Dazu muss ich sagen, dass ich im Wick Medinait-Rausch einige meiner besten und wichtigsten Songs geschrieben habe.

Dein Lieblingskleidungsstück im Moment?
Ein falscher selbst gestrickter Bart. Ist aber zum Auf-der-Straße-Tragen ungeeignet. Kommt aber toll, wenn man ihn auf Medienhirni-Events, Halbprominententreffen oder bei

anderen festlichen Anlässen mit einer Secondhand-Schärpe oder einem schönen Diadem kombiniert.

Was wird besser?

Der November. Er neigt sich dem Ende entgegen.

Let me dingsbums you!

Kopf an den Fernseher
und Schuhe aus:
Sarah riecht an Politikern

Vermisst du Gerhard Schröder?
Ich vermisse Gerhard Schröder tatsächlich ein bisschen. Dieses Eichenhafte, Kernige, dieses Gemütlichkeit Verströmende. Schröder hat bestimmt sehr väterlich gerochen: ein bisschen nach Weinbrand und Zigarren. Bei Frau Merkel erwarte ich eher einen Desinfektionsmittel-Geruch, keine Ahnung warum. Aber es mag jetzt berechtigterweise von vielen eingewendet werden, dass keinerlei Veranlassung besteht, an Politikern zu riechen.

Besitzt du eine Digitalkamera?
Ja. Ich besitze allerlei Auswüchse der modernen Technik. Neben einer Digitalkamera besitze ich auch einen iPod, zwei tragbare CD-Toaster, eine Überwachungskamera für mein Aquarium, eine Mini Karaoke-Maschine fürs Flugzeug, vier windbetriebene Badewasserenthärter, drei digitale Rückenkratzer mit zusätzlicher Beinenthaarungsfunktion und eine neumodische Maschine, die Geschirr reinigt, ohne dass man selbst Hand anlegen muss. Das Problem ist nur: Ich komme vor lauter Aufregung nie dazu, den Kram zu benutzen. Von daher sieht meine Wohnung ein bisschen aus wie ein sehr melancholisches Museum für technischen Firlefanz.

Braucht man eigentlich eine Karte fürs Robbie-Williams-Konzert?

Ich bin ja generell nicht der Typ, der sich in freudiger Erwartung eines Konzerts vorab ekstatisch auf dem Boden wälzt. Und Robbie Williams guck ich mir lieber auf DVD in meinem privaten Technikpark an, als mich auf irgend 'ne Wiese zu stellen und mir da zum 48 000sten Mal »Let Me Dingsbums you« anzuhören. Aber seit ich gesehen habe, dass die Tickets bei Ebay für groteske Höchstbeträge weggehen, überlege ich ernsthaft, Karten zu kaufen und dann mit 500 % Gewinn weiterzuverscherbeln. Außerdem kann ich am Tag des R.-W.-Konzerts in Berlin gar nicht. Am selben Tag weiht Angela Merkel nämlich das Melancholische Museum für technischen Firlefanz ein, und auf dem dazugehörigen Empfang möchte ich schon gern gesehen werden. Axel Schulz kommt sicher auch.

Ziehst du deine Winterschuhe in der Redaktion aus und abends wieder an, wenn du heimgehst?

Erwischt! Ich habe das gestern tatsächlich zum allerersten Mal gemacht. Mein Tischnachbar Herr Schuhmacher hätte fast gebrochen.

Welche Information über Angela Merkel ist eigentlich noch nicht überall breitgetreten worden?

Angela Merkel hat am rechten Fuß sieben Zehen. Seltsam, dass das nirgendwo thematisiert wird. Wenn die mal am Konferenztisch die Schuhe auszieht, dann ist da aber was los! Kann man eigentlich ins Gefängnis kommen, wenn man von real existierenden Personen behauptet, sie hätten sieben Zehen?

Bastelst du deinen Freunden einen Adventskalender?
Ja, natürlich. Wie man sich sicher denken kann, bin ich eine ebenso geduldige wie detailverliebte Bastlerin. Gott, was habe ich in den letzten Jahren nicht schon alles gebastelt. Generell bastele ich mir – aus politisch motiviertem Kaufverzicht – ja viel selbst: Handtücher schneide ich aus alten Bettlaken selbst aus, Kochtöpfe werden aus allen Dosen zusammengelötet, und aus meiner Katze habe ich mir gerade einen Hausschuh gemacht. Für den zweiten muss ich erst noch 'ne zweite Katze kaufen.

Was wünschst du dir zu Weihnachten?
Einen Videorecorder. Obwohl sich in meiner Wohnung alle möglichen Absonderheiten und Launen der Unterhaltungselektronikindustrie stapeln (s. o.), besitze ich keinen funktionstüchtigen Videorecorder. Mein jetziger läuft zwar, der Ton ist aber so leise, dass man den Kopf gegen den Fernseher pressen muss, um irgendetwas mitzubekommen. Sieht auch für die Nachbarn doof aus, wenn ich da immer so am Bildschirm klebe. Die werden sich hoffentlich nicht einbilden, dass ich es nicht mitbekäme, wenn die mit dem Fernglas auf dem Balkon stehen, rübergucken und einander zuraunen: »Guck an, die kleine Kuttner guckt wieder Video.«

Rauchorientierte Ergebnispausen

Zwischen SMS und Pornographie – Sarah gibt Sprach- und Schlaftipps

Interessieren dich eigentlich die Börsenberichte im Fernsehen?

Nein. Ich hatte zwar kurz überlegt, zu behaupten, dass ich mich enorm für Börsenberichte interessiere, einfach nur, weil es vielleicht interessant und geheimnisvoll wirken könnte. Aber: nein. Börsenberichte interessieren mich tatsächlich noch weniger als Wiederholungen von WDR-Rockpalast-Konzerten der Jahre 1974–76.

Was ist denn jetzt wirklich der Nachfolger der Ugg-Boots diesen Winter?

Wer ist der Ugg-Boot? Eine lustige Zeichentrickfigur, die letztes Jahr hinter meinem Rücken einen anstrengenden Weihnachtstrash-Hit hatte? Der zurückgetretene Assistent von Kofi Annan?

Benutzt ihr in der Redaktion auch ständig Management-Vokabeln wie »gut aufgestellt sein« oder »zeitnahe Lösung« und »ergebnisorientierte Raucherpause«?

Natürlich. Wobei wir eher rauchorientierte Ergebnispausen machen. Würden wir uns dem in der internationalen Wirtschaft gepflegten Erfolgsjargon nicht anpassen, wären wir nicht die mehrfach preisgekrönte Doppelkraft-Show, die wir sind. Ich finde ein vereinheitlichtes Vokabular aber auch wichtig, damit die bei mir angestellten Leute wissen: das hier ist eine Erfolgssendung mit internationaler Ausrichtung und Anspruch auf den obersten Platz in der HÖRZU-Beliebtheitsliste und kein Fotokopierladen. Wobei ich mir bei einigen meiner Kollegen nicht so ganz sicher bin, dass sie nicht doch glauben, in einem Kopierladen zu arbeiten.

Bist du Auf-dem-Rücken- oder Bauchschläfer?

Ich bin Seitenschläfer. Meistens liege ich auf der rechten Seite, was zur Folge hat, dass am nächsten Tag meine linke Körperhälfte immer erst ab 17 Uhr durchblutet wird. Morgens früh ist meine linke Körperhälfte so blutleer, dass sie blau ist. Deshalb habe ich zum Beispiel auch nie blaue Kleidung an, das sieht bis 17 Uhr bei mir einfach komplett bescheuert aus.

Sollte Benno Führmann im Kino singen dürfen?

Ich hab das auch gehört: schlimm! Ich finde, zumindest im Kino – einer der letzten Burgen der Intimität – sollte man Rücksicht auf sein kunstgenusswilliges Umfeld nehmen. Der kann ja unter der Dusche so viel singen, wie er will. Wenn man ins Kino geht, hat man allerdings spätestens nach der Werbung die Klappe zu halten und sich den Film anzugucken. Man kann ja zum Singen kurz rausgehn o. ä. In einem anderen Kino soll Benno Führmann ja letztens sogar Mundharmonika gespielt haben. Das ist aber nichts im Vergleich zu Elton John, der in feinen Restaurants immer Paragliding macht.

Von welchem Fernseh-Meteorologen lässt du dir am liebsten das Wetter vorhersagen?

Tatsächlich gelingt es mir durch geschicktes Zapping Wettervorhersagen weiträumig zu umfahren. Ich wüsste nicht, wann ich zuletzt einen Menschen im Fernsehen habe sagen hören: »Die von Kentucky hereinziehende Kaltfront bringt von Norden kommend subtropische Balearenrhythmik mit sich« oder (modern-frech) »Sonne können Sie sich morgen abschminken, Sie Pfeife! Morgen ist Helmpflicht angesagt – oder, für unsere weniger gebildeten Zuschauer: Regen. R-e-g-e-n.« Ich bin auch nicht so auf Wettervorhersagen angewiesen, ich bin eh fast nur drinnen.

Bewahrst du wertvolle SMS in deinem Handyspeicher auf?

Wieder mal erwischt. Ja. Ich bin sogar schon einen Schritt weiter gegangen und habe SMSen abgetippt, weil der Handyspeicher voll war.

Glaubst du, dass sich mobile Pornographie auf iPod und Playstation Portable durchsetzen wird?

Ja. Schließlich ist das doch der Grund, weshalb wir alle hier sind: mobile Pornographie.

Weihnachtsmannstiefel voll Glühwein

Da muss man durch:
Advent mit Knetfilmen,
Draußenminister und Schweiger

Wer ist eigentlich im neuen Kabinett dein Lieblingsminister?

Dafür sind die Herrschaften ja wirklich noch nicht lange genug auf dem Platz. Man könnte das höchstens Best-Newcomer-mäßig angehen und eine Prognose aussprechen: An wem wird man noch viel Freude haben? – Ich erwarte da einiges von Herrn Steinmeier (Draußenminister – zuständig für Äußerlichkeiten und Wetter).

Bügelkopfhörer und Stecker im Ohr?

Stecker im Ohr. Bügelkopfhörer sehen immer aus, als würde man in einem von kiffenden Studenten auf DV gedrehten Amateur-Science-Fiction-Film mitspielen, der auf Kultfilmfestivals gezeigt wird.

Warum ist eigentlich Til Schweiger nochmal berühmt?

Ey hallo!!!??? Weil er »Wetten, dass …???« erfunden hat vielleicht??? – Aber zugegeben: gute Frage. Ich weiß es auch nicht. Wenn ich an Til Schweiger denke, denke ich (in dieser Reihenfolge) daran, dass er a) bei der Wahl zur anstrengendsten Stimme Deutschlands immer hinter mir auf dem 2. Platz landet, b) er in den USA schon mal neben Morgan Freeman aus der Kaffeetasse trinken und »Hey«

sagen durfte und c) seine Frau Dana (von der er sich gerade trennt, die aber immer wichtig für ihn bleiben wird und die er nie betrogen hat) entweder politisch korrekte Kinderbücher veröffentlicht oder einen Allergiker-Joghurt für Kleinkinder rausgebracht hat. Irgendwas war da.

Wirst du dir den Disney-Weihnachtsfilm »Narnia« anschauen?

Ich weiß es nicht. Nur wenn er nicht zu lang ist. Letztens war ich in »Toy Story 12«, diesem Knetfilm. Und seither hat sich mir eine unerschütterliche Wahrheit ins ewige Gedächtnis geritzt: »Knetfilme sollten nie länger als 50 Minuten dauern.« – Wenn irgendeine Einsicht mein bescheidenes Wandern auf Erden überdauern soll, dann diese: keine Knetfilme über 50 Minuten!

Was machst du Silvester?

Ich moderiere gemeinsam mit meiner Familie eine große MTV-Gala zuungunsten zu langer Knetfilme.

Auf dem Weihnachtsmarkt: Glühwein oder Zuckerwatte?

Schwierig. Da ich so gut wie keinen Alkohol trinke, knallt so'n Weihnachtsmannstiefel voll Glühwein bei mir immer direkt rein wie ein ganzes Fass mit psychedelischer Pilzsuppe. Und Zuckerwatte mag ich nicht.

Hast du bitte einen musikalischen Hörtipp, bitte, der die Weihnachtszeit erträglich macht?

Nein. Da muss man durch. Und zwar frei von Musik. Ich finde es ja gut, wenn man mit saisonaler Musik voll geballert wird. Schlimm ist lediglich »witzige« und/oder »verrockte« Weihnachtsmusik – die gehört mit psychedelischer Pilzsuppe überschüttet und in Zuckerwatte eingewickelt.

Ich wünsch mir übrigens dieses Jahr die Weihnachtsgeschichte – gelesen von Til Schweiger, Martin Semmelrogge und den zehn dümmsten Fußballspielern Deutschlands.

Makler oder Zeitungsanzeigen: Wie kriege ich am schnellsten eine gute Wohnung?
Für Makler macht man keine Werbung. Schon aus Prinzip nicht. Aber in Berlin – und nur da kenne ich mich aus – ist es weiß Gott kein Problem, eine Wohnung zu finden.

Was wird besser?
Alles Schlechte, was sich gen Ende neigt.

15
16
9
10
17
11
12
19
18
14
SPD

SARAH
KUTTNER
Die

Die Musikexpress-Kolumnen

Toast der Transzendenz

Über H. P. Baxxter, Th. Bernhard, B. Knacktheiten

Unser Planet ist ein ulkiger Ort. Einerseits Brutstätte lallenden Irrsinns, andererseits aber auch immer wieder Quell unbeabsichtigter Alltagspoesie. Es gibt auch Momente, da haken sich Irrsinn und Poesie freundschaftlich beieinander unter und gehen gemeinsam einen achtgeschossigen Frappuccino trinken. Zum Beispiel dann, wenn die Scooter'sche Front-Blondierung H. P. Baxxter ein Hörbuch mit frühen Thomas-Bernhard-Texten aufnimmt. Aber auch gestern war wieder so ein Tag. Da war im Internet eine Meldung zu lesen, die einem für mehrere Stunden seitlich das Hirn ausbeulen konnte: auf Ebay, so die Meldung, werde derzeit eine Scheibe Toastbrot versteigert, in deren Bestrich man das Antlitz der Jungfrau Maria erspähen könnte. Eine amerikanische Hausfrau habe das Brot vor zehn Jahren bestrichen und direkt nach dem ersten Abbeißen der Gottesmutter steil in die heilige Pupille geblickt. Danach habe sie es für zehn Jahre in einer Plastiktüte verpackt auf dem Nachttisch aufbewahrt, wo es wundersamerweise keinen Schimmel ansetzte. Nun wolle die Versteigerin das Wunder mit der Menschheit teilen. Dass aber irgendwelche Spaßvögel sogleich 99,99 Millionen Dollar für die muffige Stulle offerierten, zeigt meiner Meinung nach nur mangelnden Respekt vor der bezaubernden Verspacktheit der Anbieterin. Man muss nicht immer noch einen drauf setzen – einfach auch mal was wirken lassen. Mein Gott, hier hat jemand öffentlich die Kerze an beiden Enden angezündet (bzw. vom ewigen Toast der Transzendenz gekostet), kann man da bitte mal ein bisschen Respekt walten lassen?!! Überhaupt werden ja die Beknacktheiten dieser Welt durch den überall waltenden Drang zur Vulgär-Kommentierung immer mehr ihres Zaubers beraubt und bagatellisiert. Einen Haufen stuller Para-Promis zur Beobachtung in den Wald zu karren, ist an sich gar keine schlechte Idee. Die launigen Moderatoren-Kommentare der beiden Dschungel-Hosts hingegen entpoetisieren so manchen großen Moment.

Sex and the City
Six Feet Under

Was vom Jahre übrig bleibt

Eins vorweg: Die Niederschrift dieses Textes und sein Erscheinen trennen mehrere Wochen. In diesen mehreren Wochen werde ich mich hoffentlich vortrefflich vom Jahr 2004 erholt, viele bewusstseinsausbuchtende Dinge erlebt und Carl Barat von den Libertines geheiratet haben. Vielleicht werde ich unser beider Verhältnis auch schon zur Wiederzusammenführung der Ursprungs-Libertines genutzt haben. Ja, vielleicht sitze ich zum Erscheinungszeitpunkt dieser ME-Ausgabe schon in unserem gemeinsamen Cottage in England, im Wohnzimmer an neuen Libertines-Bühnenoutfits schneidernd, während sich nebenan in der Küche Carl und der auf mein Anraten wieder in die Band geholte Co-Songwriter Pete Doherty fröhlich miteinander herumkabbelnd »Einmal ein Libertine, immer einer«-Tätowierungen in die Stirn schnitzen. Vielleicht ist die Welt aber auch eine noch doofere geworden, ihr werdet's wissen ...

Jedenfalls dürfte zum Erscheinungszeitpunkt dieses Textes das Phänomen »Sex and the City – die ewige letzte Staffel« schon tief in der 2004er-Truhe verbuddelt worden sein. Dort, wo hoffentlich auch die ganzen 70er/80er-Hit-Shows versenkt wurden und gemeinsam mit diversen Dschungelalm-Absolventen das tun, was sie schon zu aktiven Zeiten taten: vor sich hin muffen und stinken. Ich möchte das »Sex and the City«-Phänomen aber, alle thematische edgyness und Progressivität in den Wind schlagend, noch mal kurz hervorkramen, um es gegen seine Massenwahrnehmung zu verteidigen.

Ich glaube, ich habe mich noch nie in schlechterer Gesellschaft gefühlt, als während meiner Begeisterung für »Sex and the City«. Irgendwie scheint diese Serie für die meisten meiner Geschlechtsgenossinnen vor allem ein Anlass gewesen zu sein, ihre ohnehin schon nervige dooftussige Shopping-Mentalität noch nachträglich von einer TV-Serie zur proseccobeschwipsten Kult-Tätigkeit hochorgasmieren zu lassen. Als ob »Sex and the City« ein einziger Witz über weibliche Schuhkaufsucht gewesen wäre.

Was mich damals, Anfang des Jahres, in einer Phase tiefsten Liebeskummers dazu brachte, die ersten vier Staffeln am Stück zu verschlingen, war, wie sich hier vier toll gebastelte, extrem fragile Charaktere immer wieder aus tiefstem, sympathischstem Lebensbewältigungswahn zum Löffel machten, immer wieder aufrappelten und all ihre Zerbrechlichkeiten und Zerbrechungen mit härtestem Ab-jetzt-läuft's-so-Geschnodder überspielten. Ich weiß, das klingt jetzt alles sehr nach Auf-der-guten-Seite-Sein und großem Rugby-Turnier: »Nette Leute gegen doofe Leute, letztere ohne Gesichtsschutz.« Aber erstens sind die anderen ja eh in der Überzahl, und zweitens gibt es auch unter jenen, die »Sex and the City« aus den richtigen Gründen mochten, noch genug nervende Untergruppierungen. Nun war »Sex and the City« ja eigentlich kein 2004er-Phänomen, auch hierzulande nicht. »Six Feet Under« wiederum ist absolutes hiesiges 2004. Wahrscheinlich hat nichts – selbst kein Moneybrother, kein Libertine (sorry!) – mein popkulturelles Jahr so geprägt wie dieser heilige Gral unter den Fernsehserien. Seit Sommer schlappt jetzt schon die Bestatterfamilie Fisher und ihr Umfeld durch mein Leben.

Die Charaktere sitzen bei mir im Wohnzimmer auf dem Sofa, und es verstört mich ernsthaft, wenn wohlmeinende Freunde mir in letzter Zeit immer wieder einzureden versuchen, dass dies nur eine Fernsehserie und mein Plan, Brenda zu meinem Geburtstag einzuladen, somit eher schwachsinnig sei. Ich bin durch gezielte Einschüchterung und Erpressung mittlerweile an die raubkopierte vierte Staffel gelangt.

Die fünfte Staffel (zugleich die letzte) ist gerade in den USA angelaufen, keine Ahnung, wann ich die sehen werden darf. Ich habe panische Angst vor dem tiefen Loch, in das ich also demnächst plumpsen werde. Ob Carl mitplumpst? Vom Boden dieses Loches werde ich mich im nächsten Heft wieder melden und Bericht erstatten.

Als Coverversion wiedergeboren

Oder: Warum manche Ideen doch besser Ideen bleiben sollten

Sollte ich jemals als Coverversion wiedergeboren werden, so wäre es mir sehr recht, wenn dies ein von Moneybrother dargebotener Adam-Green-Song sein könnte. Oder irgendwas von Abba in einer vom Einsturz bedrohten Pete-Doherty-Version. Ich weiß, ich verlange da sehr viel, aber man sollte vom Leben ja auch so einiges erwarten, von der Wiedergeburt erst recht. Tut man das nicht, kreuzt man am Ende noch als Reggae-Version von »Tri-Tra-Trullalla« auf einem Lukas-Hilbert-Coverversionen-Album für Kleinkinder und Hunde wieder auf. Oder es wird gar nichts mit der Coverwerdung und man wird als Stuhl reinkarniert. Klingt erst mal nicht weiter tragisch. Aber man stelle sich nur vor, dieser Stuhl geht in den Besitz von Lukas Hilbert über. Nicht auszudenken: Dann sitzt nachher noch Lukas Hilbert auf einem rum und schreibt Songs.

Welches Bedürfnis befriedigen eigentlich die wie Schützen aus der Hecke schießenden Projekte, die ganze Alben mit Coverversionen in einem durchgehaltenen Genre-Soundgewand bieten? Scala zum Beispiel mit ihrem Kinderchor-trifft-Indiepopdisco-Konzept. Oder Nouvelle Vague, die Achtziger-Wave-Kracher als Bossa Nova daherpuscheln lassen. Die Idee ist ja auch sehr hübsch, aber irgendwie ist es doch genau das: ganz schön viel Idee. Und manche Ideen bleiben eben oft besser Ideen. Aber jetzt, wo derlei Platten schon mal die Coffee-to-go-Läden dieser Welt beschallen, muss man wohl gewappnet sein für weitere Projekte mit ähnlichem Ansatz: britischer Mädchenpop (Keane, Coldplay, Travis, Snow Patrol) in pseudokubanischen, lebensfrohen Tschackatschacka-Arrangements. Oder: das Beste von Blumfeld, dargebracht von der Bundeswehr-Big Band.

Vielleicht sind diese Versuche, aus jedem Stück Musik einen gemütlichen Evergreen für die ganze Familie herauszupressen, ja auch nur ein weiterer Versuch der Musikbranche, sich selbst zu retten.

Auch sonst wird bei der deutschen Phonoindustrie dieses Jahr ja ordentlich optimiert. Soll heißen: gespart. Die Echo-Verleihung beispielsweise wird dieses Jahr in irgendeinem Konferenzraum mit nur zwei Overheadprojektoren bestritten, was aber sicher Marius Müller-Westernhagen (Platz 1 der Grusel-Comebacks 2005!) nicht von einem Liveauftritt abhalten wird.

Wesentlich drastischer sind die weiteren Pläne der Musikindustrie: Nachdem ja schon erfolgreich die beiden konkurrierenden Musikfernsehkanäle fusionierten, sollen nun auch bestimmte Musikgenres zusammengelegt werden: Reggae und Indierock zum Beispiel. Aber auch schwedisches Garagengeknüppel und deutscher R'n'B. Ganze ausgewachsene Ressortleiter können auf diesem Weg eingespart und unnötige Vor-sich-hin-Musiziererei in selbst ausgedachten Quatsch-Genres unterbunden werden.

In einem zweiten Optimierungsschritt will man, zumindest national, dazu übergehen, mehrere Bands zu einer zusammenzuziehen. So sollen ab Mitte des Jahres beispielsweise Wir sind Helden, Rammstein und Patrick Nuo zu einem Superprojekt verschmolzen werden. Gleiches gilt für 2Raumwohnung, die Söhne Manfreds und Rocko Schamoni.

Käseschnitten für die Gäste

Kleiner Ausritt
durch die Kulissen
meiner Sendung

Wenn ihr diese Zeilen lest, ist bei euch mindestens Mitte März, und die Frühlingsknospen sprießen verheißungsvoll aus den Gesichtern. Bei mir ist zum Verfassungszeitpunkt Rosenmontag. Ich sitze in meiner Kölner Schreibfinca und laufe permanent Gefahr, von durchs Fenster hereingeschmissenen Bonbons am Kopf getroffen zu werden. Euch geht es innerhalb dieses Zeit/Raum-Konstrukts also gerade deutlich besser.

In meiner Schreibgegenwart beschäftigen sich alle mit ermordeten Paradiesvogelschiedsrichtern und verhafteten Betrügermodezaren – zwei Phänomene, zu denen Franz Josef Wagner in der BILD schon alles geschrieben hatte, lange bevor die beiden Fälle in aller Munde waren. Ich möchte daher alle Tagesaktualität verächtlich in den Wind schlagen und meine Kolumne zu einem Ausritt hinter die Kulissen meiner Sendung nutzen. Da tut sich nämlich einiges. Letztens wurde mir zum Beispiel anlässlich des Besuchs der schwedischen Snob-Rocker Mando Diao wieder mal bewusst, dass man den Hotness-Faktor einer Band gut daran ablesen kann, wie viele Kuttnershow-Mitarbeiter sich während der Probe im Studio aufhalten, ohne etwas zu tun zu haben. Beim Mando-Diao-Soundcheck glich das Studio einer gut gefüllten Mehrzweckhalle, wobei alle akut tätigkeitslosen Show-Mitarbeiter so tun müssen, als gäbe es dringend was zu erledigen: »Ey, hallo??? Ich muss vielleicht ganz dringend checken, dass Sarahs Stuhl nachher auch die richtige Höhe hat!« Ganz vorne vor der Bühne tummeln sich in der Regel die Damen der Maske. Könnte ja sein, dass einer der Mando-Diao-Typen zu glänzen anfängt oder so, dann muss natürlich sofort nachgemalt werden.

Ähnlich verhält es sich in der Redaktion mit dem Job des Gästebetreuers: »Ist es für alle okay, wenn ich überübermorgen Gwen Stefani betreue? Ich hab an allen anderen Tagen Schnitt. Ich mach dafür auch nächsten Mittwoch Betreuung für Jürgen von der Lippe.«

Für unbekanntere Gäste stellt die Darbietung in der Show oft den ersten TV-Auftritt dar, was zu charmanten Unsicherheiten führen kann. So bat der bezaubernde Ron Sexsmith völlig überfordert meine Redakteurin, ihm aus seinen Klamotten was annähernd Fernsehtaugliches auszusuchen. Die tollen The Good Life (bei deren Soundcheck circa anderthalb Menschen im Studio weilten, die dafür aber umso emsiger) hatten sichtlich Angst, vom Kamera-Kran erschlagen zu werden. Ich kann aber allen besorgten Indie-Artenschützern versichern, dass bei uns noch keiner Lieblingsband ein Leid widerfahren ist. Und sollte ein Künstler nach der Show wirklich mal ramponiert gen Backstagebereich wanken, steht ihm dort ein Psychologenehepaar zur Seite. Bisher haben sich aber alle ganz wohl gefühlt. Vielleicht abgesehen vom SK-Kölsch-Hauptdarsteller Uwe Fellensiek (dessen letztes Indie-Album auf Saddle Creek auch schon 500 Jahre zurückliegt). Herr Fellensiek bekam jedenfalls ungefähr eine Stunde vor Showbeginn einen cholerischen Anfall, weil ihm die Anordnung der Käseschnitten in seiner Garderobe zu unprofessionell erschien, woraufhin er das Gebäude verließ.

Apropos Käseschnitten: Die prunkvollsten Backstage-Anforderungen hatten Motörhead. Ich kann mich nicht an alles erinnern, aber die Wunschliste umfasste u.a. circa 477 Flaschen Jack Daniel's .

Rauschgiftkonsum konnte ich sonst noch nicht beobachten (außer bei Ferris MC); auch Handgemenge blieben bislang aus. Demnächst kommen aber die Queens Of The Stone Age, für die werden wir backstage sicher Erdlöcher zum Durchquarzen ausheben dürfen. Vielleicht lade ich dazu noch mal Uwe Fellensiek ein und behaupte, Josh Homme habe gesagt, er habe 'ne Taxifahrerlederjacke an, und wenn er das anders sehe, solle er doch bitte in Joshs Umkleide vorbeikommen …

Saufen hilft!

Wie die Echo-Verleihung, Partys und die ganze Welt wieder einfach und sexy werden

Es plagt mich dieser Tage vor allem ein Problem: Der »Echo«, dieses bucklige deutsche Gegenstück zum amerikanischen Grammy, wirft seine Schatten mal wieder unter die Augen. Eigentlich eine Veranstaltung mit ordentlich Geisterbahn-Appeal: stundenlanges Rumgesitze (gerne neben irgendwelchen Deutschpop-Mutanten), und auf der Bühne überreichen sich Seal, Anastacia, Westernhagen und andere Grusel-Entertainer gegenseitig irgendwelche Langweilerpokale. Man könnte also glatt mal die Kerze an beiden Enden anzünden, alles auf eine Karte setzen und einfach nicht hingehen. Ha!

Allerdings ist es so, dass ich, wenn ich bis Februar noch keine Echo-Einladung erhalten habe, sofort eingeschnappt bin und anfange rumzunerven, da mir bei Nichteinladung die Angst etwas (– WesternhagenAnastaciaSeal) zu verpassen, ordentlich Panik bereitet. Unsympathisch, ich weiß. Also gehe ich doch wieder hin.

Vor Ort wird mir dann immer klar, dass der schlimmste Teil des Abends gar nicht die 18-stündige Prunkveranstaltung selbst ist, sondern die anschließende Party. Für die zugegebenermaßen stets sehr leckeren Event-Buffett-Häppchen zahlt man nämlich den großen Preis des Smalltalks. Und für Smalltalk bin ich leider nach wie vor hochgradig ungeeignet. Nicht weil ich mich lieber über mongolische

Porzellanmalerei unterhalten möchte – ich hab's einfach nicht drauf! Wenn mich jemand fragt, wie es mir geht, neige ich leider dazu, ernsthaft zu antworten und kilometerweit auszuholen. Ich erzähl dann schon auch mal davon, dass ich, seit ich letztens mal zu zügig um die Ecke gegangen bin, vermutlich Wasser in der Schulter hab, oder dass meine Laune im Keller ist, weil mich letztens nach der Show der Bassist von Mando Diao in einen Schrank eingesperrt hat. Dieses meiner Meinung nach durch und durch begründete Ausholen wiederum führt unweigerlich zu noch längeren Smalltalks.

Mir sind deshalb auch Kollegen suspekt, die ihren Beruf vor allem deshalb ausüben, weil man »da so viele tolle Leute kennen lernt und so viel rumkommt«. BLÖDSINN! Ich will keine neuen Leute kennen lernen. Ich kenne genug, und ich kann mir sowieso grad noch die Namen meiner Eltern merken. Auch das Zustecken von Visitenkarten bringt nichts, die landen eh nur als Filter in den Quatschzigaretten meiner Freunde oder werden sofort in andere Hosentaschen weitergesteckt.

Allerdings bin ich bereit einzugestehen, dass man zu Recht von mir erwarten kann, an der Event/Party-etc.-Front nicht vollends zu klemmen. Aus diesem Grund habe ich jüngst meine Alkoholabstinenz nach knapp zehn Jahren feierlich beendet und bin bereitwillig ins Land der Saufsportler zurückgekehrt. Es war auf dem »Comet«, wo ich mir aus lauter Langeweile plötzlich Alkohol ins Gesicht zu schütten begann, um mich nur wenige Stunden später von Sven Schuhmacher in einer Postkutsche auf den Saturn fahren zu lassen. (Jedenfalls hielt ich es für eine Postkutsche … aber es war doch Sven Schuhmacher, oder???) Und ja, es ist tatsächlich so simpel: Seit ich mir wieder Hochprozentiges ins Bindegewebe kippe, haben sich für mich Partys auch wieder ihrer langweiligen Aura entblättert. Tolle einfache Welt! Plötzlich ist alles wieder interessant, spannend und sexy. Und was den Smalltalk angeht, habe ich im Zuge meiner alkoholischen Wiedergeburt auch hier eine Lösung gefunden: Wenn ich meinem Gegenüber nicht mehr zuhören kann/will, küsse ich es einfach. Right Said Fred hatten Recht: küssen statt labern. Don't Talk, Just Kiss. Wir sollten alle viel mehr auf Right Said Fred hören. Man möge ihnen einen »Echo« verleihen. Ich steh derweil draußen im Foyer und saufe …

Einige Anzeichen von Frühvergreisung

Oder: Warum man dem Morgen
nicht absprechen sollte,
morgen ein Heute zu werden

Vor ein paar Tagen habe ich mein drittes graues Haar entdeckt. Der Tag war so ziemlich gelaufen, und selbst Lieblingsfreizeitbeschäftigungen wie das Lösen des großen Musikexpress-Kreuzworträtsels konnten meine Stimmung nicht mehr hochpimpen. Die Entdeckung meines ersten grauen Haares im Oktober des vergangenen Jahres habe ich noch mit ironischem Hochmut betrachtet und im Kreise Interessierter ausgehend breitgetreten. Beim zweiten war ich schon leicht angepisst, führte den Verfall aber auf eine kurzfristige fernsehprogrammbedingte Pigmentstörung zurück. Dass mir aber mit dem Fund des dritten eine verfrühte Steve-Martinisierung ins Haus steht, beunruhigt mich doch nachhaltig. Bislang konnte ich noch keinerlei Alterungserscheinungen an mir feststellen. Ich bin, obwohl ich tagtäglich die Duftkerze des Lebens an allen möglichen Enden abfackele, noch ziemlich faltenfrei, und auch sonst versprühe ich eigentlich eine ziemlich rüstige Aura: Ich kann sehr schnell gehen, höre aufpeitschende Popmusik und bezeichne mich nach wie vor als »Mädchen«. Trotzdem weiß ich sehr wohl (und muss es jetzt also anerkennen): Ab 25 fährt man körperlich Rolltreppe abwärts, und mit dem einsetzenden Dahinkompostieren sollte ich mich also langsam auch mal mit dem ewigen Trendthema »Erwachsenwerden« beschäftigen.

Als ich klein, äh, als ich noch ein Kind war, war ich mir ziemlich sicher, dass ich nie hohe Schuhe tragen, rauchen oder Sex haben würde – für mich damals drei der unangenehmsten Begleiterscheinungen des Erwachsenwerdens. Das habe ich so nicht aufrechterhalten können, wie so einige andere Kinderspinnereien auch. Ein Erwachsensein im Bermudadreieck Nikotin-Stöckelschuhe-Extrempetting muss ich also auf jeden Fall schon mal anerkennen.

Viel schlimmer ist: Noch vor wenigen Monaten erschienen mir Sport und gesunde Ernährung bei Altersgenossen als unlässige Anzeichen von Frühvergreisung. Freunde, die mir ein Date in der Döner-Bude zugunsten eines Fitnesscenter-Besuchs absagten, schrie ich mit Schaum vorm Mund an, dass sie sich ja jetzt gleich noch ne Phil-Collins-Best-Of mit beigelegter Heizdecke kaufen könnten, und es waren die längste Zeit Freunde gewesen.

Mittlerweile sammle ich selbst Bonuspunkte in sportlichen Abrichtungsstätten (allerdings gehe ich nicht ins Fitnesscenter, ich spiele Badminton, auf diesen Unterschied lege ich Wert!), und in der Vollwert-Abteilung meines Supermarktes redet man mich beim Fachberatungsgespräch mit Vornamen an.

Generell esse ich gerne gut. Gut im Sinne von besser. Ich will Rucola und Feldsalat statt Eisbergsalat. Ich will Carpaccio und Vitello Tonnato statt Spaghetti Carbonara. In Italo-Restaurants, die »Pizzeria San Marco« heißen, geh ich gar nicht erst rein. Ebenso wie ich plötzlich Pettingpartner ablehne, die mir eine auf dem Fußboden liegende Matratze als Bett verkaufen wollen, verkeimte Badezimmer haben und Kiffen und Saufen als Extremsport betreiben.

Wie konnte es so weit kommen? Ich fange offenbar an, anzuerkennen, dass das Heute eine tolle Sache ist, dass man dem Morgen aber auch nicht absprechen sollte, morgen ein Heute sein zu dürfen. Mit anderen Worten: Ich werde erwachsen. Fuck.

Vom Körperlichen mal abgesehen, werde ich auch im Kopf älter. In letzter Zeit stört mich beispielsweise laute Musik beim Arbeiten, was in meiner Redaktion schon das ein oder andere Handgemenge nach sich gezogen hat. Ähnlich verhält es sich mit Dauerironie, schlechten Witzen, enorm heiß gehandelten 80er-Revival-Hype-Bands aus New York und jungen Menschen im Allgemeinen, was bei einem Arbeitgeber namens VIVA schon mal zu einsamen Kantinenaufenthalten führen kann.

Hierzu passt auch mein Ergebnis in einem Online-Test, demzufolge mein geistiges Alter 38 ist. Zwar sind mir persönlich mehrere 38-Jährige bekannt, die im selben Test auf ein geistiges Alter von 12 kamen (was auf erdrutschartige Generationsverschiebungen hindeutet), aber trotzdem: Wer will sich schon selbst so vorausleben? Außerdem: Wenn das geistige Alter dem Lebensalter entsprechend voranschreitet, bin ich mit 38 innerlich 50 und muss eine riesige Party organisieren, auf der nur Brotwasser und fair gehandelter Kaffee angeboten werden.

Meine panische Frage in diesen Tagen lautet also: Bin ich schon Spießer oder nur Erwachsener? Vielleicht brauche ich ja auch nur ein Meet & Greet mit Pete Doherty oder anderen sympathischen Ewig-12-Jährigen, und alles wird wieder gut? Vermutlich nicht. Ich muss jetzt aufhören, die Finger tun vom Schreiben weh, vermutlich Gicht. Aber vielleicht bringt mich ein bisschen ZDF-Gucken oder ein paar Dehn- und Streckübungen ja auf andere Gedanken.

Wenn das Herz blutet

Warum die Kai-Pflaume-Band nicht vom Leben angeschossen ist

Ich werde eine Band gründen. Noch morgen. So geht's jedenfalls nicht weiter. Keine Sorge: Ich werde nicht Teil dieser Band sein. Es kommt nie was Gutes dabei raus, wenn Schauspieler, Moderatoren oder Bergsteiger zwecks Zurschaustellung ihrer Zweittalente musikalisch tätig werden (auf dem Moderatorensektor fällt mir hier direkt die Kai-Pflaume-Band und ihr viel zu brutales Noise-Core-Album »friss schorf, du alte trulla« ein). Nein, die Bergsteigerei lastet mich genug aus, da besteht also kein Bedarf für eine Nebentätigkeit. Mein Problem ist vielmehr, dass mir etwa seit dem Jahreswechsel keine Band mehr untergekommen ist, die mich einigermaßen rundrum beglücken konnte. Und da wir in Zeiten der Eigenverantwortung leben, in denen man sich bloße Rumnölerei nicht mehr leisten kann, sondern erwartet wird, dass man seine Probleme gefälligst selbst löst, werde ich einfach eine Band gründen, die künftig zu meinem persönlichen Wohlgefallen spielen wird; technisch ist ja heute fast alles möglich. Aufgefallen ist mir die ganze Misere bei meinem letzten Plattenladenbesuch. Wohin ich mein geneigtes Ohr auch schweifen ließ: überall nur dieser komisch unterkühlte Früh-80er-Keyboard-Pop-Rock. Klar, momentan sind auch singende Surfer mit für die ganze Familie gut geeigneter Singer/Songwriter-Imitationsmusik sehr beliebt, die uns weismusizieren wollen, die Lösung sei, auf einer ständigen »Don't worry, be happy«-Welle durchs Leben zu surfen. Typen, gegen die Travis wie eine Horde satanistischer Vaterschänder wirken.

Andererseits: Vielleicht ist Jack Johnson bei näherer Beschäftigung ja deutlich herausfordernder als sein Ruf, und es liegt tatsächlich nur an meiner nicht vorhandenen Muße, dass mir seine Platte (die in meinem Auto liegt) bislang nur kurz in den CD-Player gekommen ist. Und vielleicht bin ich ja auch nur zu sehr auf ein bestimmtes Musik-Profil geeicht, um Klängen anderen Typs mit offenen Ohren zu begegnen. Aber: Entweder das Herz blutet, oder es blutet nicht. Und vor allem dieses zickige Keyboardgezirpe löst bei mir nur geringen Blutverlust aus (zugegeben: bei »Mr. Brightside« tut sich allerdings einiges). Von ein, zwei Songs pro Platte mal abgesehen, geh'n mir diese ganzen Killers-Bravery-Vögel leider doch eher am Popo vorbei. Kann man die nicht zu einer Band zusammenziehen? Es würde einem so viel unnötiger Keyboardwulst erspart werden. Wie konnte das überhaupt so weit kommen? Noch vor zwei Jahren waren Keyboarder völlig zu Recht nur als gelegentliche Gastmusiker in Bands geduldet und wurden von der Restband backstage bestimmt geärgert. Die mittlerweile um sich greifende Fahrenkrog-Petersenianisierung of Indierock ist ein nicht zu unterschätzender Missstand, den anzuprangern nicht nur extremistischen Parteien vorbehalten bleiben sollte. Aber ich gründe ja jetzt meine eigene Band. Nur für mich. Gitarren wird sie haben, sehr laute, die teilweise erst noch ihrer korrekten Stimmung harren. Gitarren am besten, die aus alten 80er-Retro-Keyboards zusammenrecycelt wurden. Und einen Sänger wird sie haben, der in mir sekündlich zwischen Beschützerinstinkt und Heiratswunsch hin und her pendelnde Gefühle auslösen wird. Nicht so'n eitler Geck wie der Bravery-Sänger. Und ganz wichtig: Diese

Band wird zweifeln. Verunsichert sein. An und von allem und jedem.

Das sind die besten Bands: die entfremdeten. Die vom Leben angeschossenen. Nicht jene, die breit im Zeitgeistsessel sitzen. Ach, das wird prächtig: Jeden Abend werden sie nur zu meinem Vergnügen spielen, und der Rest soll ruhig weiter Kram wie … aber Moment … ich habe soeben Madsen gegründet. Ha! Ich hinke also mit meiner Sorge dem Trost ein wenig hinterher, aber das ist ja eigentlich eine beruhigende Einsicht. Und ich bin quasi ein bisschen Gründungsmitglied von Madsen. Das ist aber nicht die letzte gute Nachricht dieser Kolumne: Nach Madsen steht uns nämlich demnächst auch noch das Debütalbum der Erfinder des sexy Zweifelns ins Ohr: Schweine am Freitag. Freunde, die Popmusik ist gerettet!

Backstage Bratwurst essen

Warum Festivalgänger letztlich nur Schrebergärtner sind

Ich ziehe gerade um. Ja, man muss auch mal den Mut aufbringen, eine Kolumne mit einem Satz von so niederstreckender Schlagkraft anzufangen. Den Rezipienten mitten hineinstoßen ins Epizentrum des alltäglichen Schreckens. Wer schreibt, dass er gerade umzieht, kann sich sicher sein, vor dem inneren Auge des Lesers sofort dessen gesamtes Gruselrepertoire an persönlichen Umzugserinnerungen abzuspulen: im Treppenhaus platzende Kartons, nicht durch die Tür passende Oppenheim-Flügel, tagelange Rückenschmerzen und wieder nur zwei verweichlichte Belle-&-Sebastian-Freundinnen, die sich bereit erklären, beim Tragen zu helfen.

Mein akutes Umzugsproblem ist, dass sich keiner, wirklich niemand aus meinem Freundeskreis bereit erklären möchte, mit anzupacken. Hauptausrede neben fiesen Sommergrippen und familiären Verpflichtungen: Festivals. Wer schon immer mal meinen Freundeskreis treffen wollte, der sollte also auf irgendein Festival gehen, da sind die alle. Mir hat sich das mit den Festivals nie so ganz erschlossen. Blödsinn, es hat sich mir überhaupt nicht erschlossen. Zum einen finde ich Konzerte an sich problematisch. Zwei, drei Songs höre ich mir gerne an; von Bands, die ich wirklich mag, darf es auch ein ganzes Konzert sein. Aber an drei Tagen 327 Bands hintereinander (von denen eine im schlimmsten Fall auch noch Sigur Rós oder Die Toten Hosen heißt)? Außerdem sehe ich nie was (ich bin nur 1,59 m groß, größer zwar als Keith Caputo und Angus Young, trotzdem wirke ich neben jedem durchschnittlichen Umzugskarton eher klein). Nur wenn ich auf dem Gelände ganz nach hinten gehe, sehe ich was, allerdings sehe ich dann eben nur von ganz hinten was. Hm.

Besonders wenig anheimelnd fand ich es dieses Jahr bei Rock am Ring. Zwar war mir arbeitsbedingt ein Backstage-Aufenthalt vergönnt, allerdings muss ganz klar ausgesprochen werden, dass Backstage-Aufenthalte bei Festivals überschätzt werden. Man erwartet, hinter Festivalbühnen exzessive Rock-Exzesse zu sehen; ich dachte, dass da vielleicht Marilyn Manson von Ozzy Osbourne huckepack über einen Teppich aus nackt auf dem Boden liegenden Feuerwehrfrauen getragen wird oder so. In erster Linie aber sieht man Roadies, die im Buffet rumstochern. Ein Freund erzählt noch heute mit leuchtenden Augen, dass er mal auf einem Festival beobachten durfte, wie Nick Cave eine Bratwurst aß. Zugegeben: Wem es bei der Erzählung nicht heißkalt den Rücken runterläuft, der muss anstelle eines Herzens einen Umzugskarton haben, aber so glamouröse Erlebnisse sind die Ausnahme. Zudem war ich ausgerechnet an dem Tag da, den zartbesaitete Mädchenjungs respektvoll als »den Metal-Tag« bezeichnen. Slayer und so. Versteht mich nicht falsch: Ich stehe dem Schaffen der Slayer-Gentlemen äußerst respektvoll gegenüber. Aber ich muss nicht zwingend ihren Roadies beim Kartoffelsalatessen zugucken. Darüber hinaus empfinde ich organisiertes Festivalgängertum, wie es bei Rock am Ring anzutreffen ist, als äußerst spießig. Leute, die seit zehn Jahren »zum Ring« fahren (»einfach um mal rauszukommen«), dort Wagenburgen errichten und in der Mitte ihrer Grillstätte einen Fernseher auf dem Bierkasten parken, sind nichts weiter als junge Schrebergärtner, in Rock gemeißelt. Auf der anderen Seite verdienen sich Jungschrebergärtner und Tote Hosen gegenseitig, so ist es doch wieder eine runde Sache, Rock am Ring eben.

Ich muss jetzt schließen, um zu guter Letzt auch meine Schreibmaschine in einem Umzugskarton zu versenken. Sollte es im nächsten Heft keinen Text geben, hat wohl das Umzugsunternehmen den Karton mit der Schreibmaschine verbummelt. Im selben Karton ist nämlich auch mein Notizbuch mit der Aufschrift »Gute Ideen und extrem wichtige Notizen« …

Das harte Brot der Demut

Warum Conor Oberst
in einer Kneipe am Tresen so aussieht wie
Conor Oberst in einer Kneipe am Tresen

Ich falle mit der Tür ins Haus: Diese Kolumne wurde mit der heißesten Nadel gespritzt, die Pete Doherty nie unter die schwarz geränderten Fingernägel gekommen ist. Ich habe tatsächlich den Abgabetermin verschwitzt; nun scharrt Kontaktmann Albert Koch mit den Hufen. Ich könnte die TV-Diven-Karte ausspielen, schwer beschäftigt tun, was von einem anstrengenden Gastauftritt in Hugo Egon Balders Galashow »Die unzuverlässigsten Halbprominenten« faseln. Aber erstens sind wir nicht so, zweitens bin ich bei Feiern und Konzerten zu oft mit idiotischem Gesichtsausdruck vor Albert Koch rumgesprungen, als dass er mir die Diva auch nur halbwegs abnehmen könnte. Eigentlich bin ich ein zuverlässiger Mensch und kultiviere diesen Zug in einem Maß, das man als anstrengend empfinden könnte. Wenn irgendwo was pünktlich losgeht, kann man sicher sein, dass ich da bin. Verspätetes Eintrudeln mag geheimnisvoll/vielbeschäftigt wirken, ich krieg's aber einfach nicht hin. Und jetzt bin ich tatsächlich das Coldplay-Album unter den ME-Kolumnisten: ziemlich spät dran, inhaltlich eher mittel. Hm. Meinem Ziel, noch in diesem Jahr zur ME-Top-Kolumnistin zu werden, bin ich so nicht näher gekommen. Wieder werde ich bei der Siegerehrung ins harte Brot der Demut beißen müssen.

Viele denken, als Kolumnistin habe man unterhaltungsjournalistisch gesehen alles erreicht. Stimmt aber nur, solange man sich im Rahmen der Abgabefrist befindet und (noch wichtiger!) eine Idee hat. Schreibt man uninspiriert einer verstrichenen Deadline hinterher, wird das zur harten Arbeit. Außerdem muss man als Kolumnist ständig was erleben, regelrechtes Lebenstrekking betreiben. Sich Extremsituationen aussetzen; öffentlich noch mal Bryan und Ryan Adams verwechseln, so was. Muss man aber auch erst mal bringen. Ich möchte mangels aufpeitschender Erleb- und Kenntnisse den Platz für die Top 5 meiner Lieblingsfotos aus dem Augustheft nutzen. Platz 5: Depeche Mode, Seite 8. Wer noch nicht wusste, wie langweilig es auf Pressekonferenzen von Fourtysomething-Superstarbands zugeht, bekommt hier einen Eindruck. Depeche Mode sehen aus, als hätte ein Journalist gefragt, ob sie nach all den Jahren noch Freunde seien. Platz 4: Fiona Apple, Seite 19. Im Artikel geht es darum, warum ihr 2003 fertig gestelltes neues Album bis heute nicht erschienen ist. Auf dem Foto wirkt Fiona allerdings wie eine Frau, die im Selbstversuch zwei Wochen Nachmittagsfernsehen geguckt hat und nun vor reißerischen Nachmittagsfernsehjournalisten erschöpft Bericht erstattet. Platz 3: Björk, Seite 11. Super! Björk kann alles anziehen. Mir wurde das Outfit zum Tragen in meiner Sendung angeboten; allerdings ist mir wegen meiner Körpergröße ständig die Kapuze übers Gesicht gefallen, ich hab's dann Sven Schuhmacher gegeben. Platz 2: Seite 43, oben. Conor Oberst in einer Kneipe am Tresen. Sieht genau so aus, wie man es sich vorstellt, wenn Conor Oberst in einer Kneipe am Tresen sitzt. Platz 1: Seite 88, eine Fotoserie vom Southside-Festival. Vor allem Bernard Sumner, Serj Tankian, Liam Gallagher und J. Mascis erwecken den Eindruck, es sei in Rockstarkreisen enorm angesagt, uncool und möglichst bestusst auszusehen. Toll!

Einen Wunsch hätte ich noch: Nachdem ich im August die Ehre hatte, auf einer Doppelseite mit den tollen Art Brut zu sein, würde ich mir für September wünschen, eine Doppelseite mit The Magic Numbers zu teilen. Ihr würdet eine glückliche Frau sehr alt machen. Geht das? Auch wenn ich zu spät dran bin? (Leider nein – die Red.)

Sondertamburine für Kleinwüchsige

Oder:
Brettern, bis das Brett brennt

Schon vor über zehn Jahren ernteten Tocotronic begeisterte Zustimmung für ihren Indieschlager »Gitarrenhändler, ihr seid Schweine«. Endlich hatte sich mal jemand zum Anwalt all der entrechteten Jungmusiker gemacht, die tagtäglich von bezopften, Blind-Guardian-Shirts tragenden Gitarrenhändlern gedemütigt wurden. Laut Aussagen musizierender Freunde hat sich an der arroganten, von musikalischer Erfolglosigkeit genährten Oberlehrerhaftigkeit der Gitarrenhändler bis heute nichts geändert. »Wat machste denn für'n Sound?« – »Och, so Indierock.« – »Hm.« Dialoge wie dieser, so meine musizierenden Freunde, seien bis heute bei jedem Musikantenladenbesuch an der Tagesordnung.

Glücklicherweise habe ich noch nie das Bedürfnis verspürt, mir eine Gitarre umzuhängen. Aus mehreren Gründen: Erstens sähe es doof aus. Zweitens kann ich nicht Gitarre spielen. Und drittens müsste ich wohl auf eine extrakleine Sonderanfertigung zurückgreifen, was ich als erniedrigend empfände. Ich scheide somit aus der Gruppe jener, die sich von Gitarrenhändlern demütigen lassen müssen, aus.

Vor drei Tagen war ich aber trotzdem, zwecks Anschaffung meines ersten eigenen Musikinstruments, in einer Musikalienhandlung. Ich trachtete danach, mir ein

Tamburin zu kaufen. Nicht weil mir irgendwelche Mando-Diao-Soundalikes einen Job als menschliche Rassel angeboten hätten, sondern einfach nur aus purer Freude am Rasseln. Ich würde allabendlich in Berlin von Indierockclub zu Indierockclub eilen, so meine naive Vorstellung, um, statt wie sonst nur doof in der Ecke zu stehen, geil abzurasseln. In der Tamburinabteilung des Musikantenladens zeigte man sich überhaupt nicht arrogant. Niemand versuchte mir überteuerte Exemplare aus Elfenbein in Form einer Axt oder irgendwelche Sondertamburine für Kleinwüchsige anzudrehen. Stattdessen beriet man mich kompetent und wünschte mir viel Glück bei meinem Vorhaben. Fröhlich rasselte ich von dannen und fing an, meinen Freundeskreis in die Faszination des Rasselns einzuführen. Um es kurz zu machen: Das Tamburin liegt mittlerweile wieder, von einer Staubschicht bedeckt, in meiner Wohnung. Schon am ersten Tag bin ich meinem gesamten Redaktionsteam mit meiner Rasselei so dermaßen auf die Rassel gegangen, dass man – in Person des spontan gewählten Redaktionssprechers Sven Schuhmacher – mir verdeutlichte, dass man nur dann weiter mit mir auszugehen bereit sei, wenn das verdammte nervige Kackding zu Hause bliebe.

Bitte! Von mir aus! Soll mir nur keiner mehr damit kommen, dass die hiesige Clubkultur am Boden liege und neuer Impulse bedürfe. Ich wäre bereit gewesen, die Welt nicht. Tocotronic hatten wieder Recht.

Eine Form der Freizeitgestaltung, die derzeit hingegen für ungetrübte Freude bei mir und meinem Team sorgt, ist das gute alte Brettspiel. Unter dem Motto »Brettern, bis die Welt bedeutet« versammeln wir uns seit einiger Zeit allabendlich in unseren diversen Wohnungen und spielen »Monopoly«, bis das Brett brennt. Mittlerweile spielen wir eine erweiterte, sehr sublimierte Monopoly-Form, bei der wir die ursprünglichen Straßennamen mit Namen tatsächlicher Straßen überklebt haben, um eine bessere Identifikationsebene zu schaffen. Die Schloßallee etwa heißt jetzt »Road To Mandalay«, eine andere wiederum »Highway To Hell«. Irgendwann will man aber naturgemäß mehr. Ganz neue Brettspiele erfinden zum Beispiel. Vollkommen neue Impulse auf dem Brettspielmarkt setzen und denen auf der »Games Convention« zeigen, wo die Lunte lodert. Aber es ist ja unglaublich schwer, in diese Brettspielentwicklerszene reinzukommen. Wenn man da keinen kennt, kann man's eigentlich vergessen. Kontakte sind da alles, Vitamin B, Sie verstehen schon. Und die wollen ja auch nix abgeben vom Brettspiel-Kuchen, die Damen und Herren Brettspielentwickler, die tragen die Nase ganz schön hoch. Bis man da mal durchgestellt wird zum Head Of Brettspiel-Development, das dauert Ewigkeiten. Da gründe ich dann lieber doch noch meine Ein-Mann-Band namens »The Human Tambourine« und ernte Szene-Applaus in Berliner Hinterhofclubs mit meinem polterig gespielten, aber von Herzen kommenden Mini-Hit »Brettspielentwickler, ihr seid Schweine, so arrogante Schweine, dass ihr euch noch umgucken werdet«.

Der Herbst-/Winterhit des Jahres

Extrem lebensverneinende Fagott-Soli, gezielte Molltöne und Melancholie-lyrics

Wenn diese Kolumne erscheint, hat der böse ewige Jahreszeitenbundeskanzler Herbst/Winter schon wieder die Regentschaft übernommen. Heiter-spätsommerliche Auslassungen wären also gänzlich fehl am Platz. Deshalb möchte ich auf gezielte Molltöne setzen und tüchtig Depri-Stimmung verbreiten. Zum Beispiel so: Ist Ihnen eigentlich klar, dass die ewige Jahreszeit Herbst/Winter mittlerweile um die 70 Prozent der Gesamtjahresmasse einnimmt? Vorbei die Zeit, als im März positiv denkende Gastronomen ihre Plastikstühle auf die Straße schoben und man an ihnen vorbeiflanierend dachte: Na, ab jetzt kann's zumindest theoretisch schon ab und zu warm werden. KANN ES NICHT!!! Das ist vorbei! Für immer! Offiziell Sommer ist es mittlerweile erst, wenn man im Juni die Hagelverwehungen auf dem Southside/Hurricane-Festival überlebt hat. Die Chancen, auf einem dieser Festivals von einem überdimensionalen Hagelklumpen eine everlasting Beule in den Kopf gedonnert zu bekommen, ist mittlerweile größer als die Wahrscheinlichkeit, dass Oasis noch mal eine richtig gute Platte machen. Und nach Southside/Hurricane ist auch bald schon wieder Sommerschlussverkauf.

Hierauf sollte die Musikindustrie dringend ihr Augenmerk richten. Statt einen Sommerhit nach dem nächsten rauszubolzen, sollte man endlich den »Herbst-/Winterhit« als eigenes Genre begreifen. Und ähnlich wie den Sommerhit wird man auch den »Herbst-/Winterhit« einem immer gleichen Baukastenprinzip unterwerfen müssen.

Sommerhits werden mittlerweile in der Regel auf Spanisch gesungen. Das heißt: in irgendeiner Phantasiesprache, die nach 43 Eimern Sangria irgendwie spanisch klingt. Früher war ja auch italienisch mal weit vorne. Aber der Deutsche isst lieber italienisch, hört jedoch lieber spanisch. Wie auch immer: Winterhits sollten wahlweise schwedisch, norwegisch oder isländisch gesungen werden. Dazu wird von den singenden und musizierenden Darbietern konsequent nur dickes Fell, Schal oder Thermohose getragen. Zugegeben: Das Genre »Herbst-/Winterhit« muss ohne verkaufsfördernde Erotik auskommen. Stattdessen wird wieder mehr auf musikalische Virtuosität gesetzt. Ausladende Fagott-Soli und so.

Generell sollte dem Winterhit eine melancholische Schwere innewohnen, die trübes Aus-dem-Fenster-Gucken geil untermalt. Auch sollten »Herbst-/Winterhits« in folgenden Situationen und Umfeldern funktionieren: beim frühmorgendlichen Zur-Arbeit-Fahren im Dunkeln, in menschenleeren Fußgängerzonen an Sonntagen, in Teestuben, auf Weihnachtsmärkten, im Krankenhaus, am Buß- und Bettag, an Allerheiligen, Karfreitag und am Tag der deutschen Einheit. Textlich sollte auf gar keinen Fall die Nähe zum sog. »Weihnachtshit« gesucht werden. Im Gegenteil tut Abgrenzung in Form extrem lebensverneinender, übellauniger Knatsch-lyrics not! Die textlich größte Chance des »Herbst-/Winterhits« liegt darin, dass bislang als popmusikalisch unerwünscht geltende Themen endlich abgehandelt werden können. Herbst-/Winterhits können sich u. a. beschäftigen mit: Milben, Amputationen, Flechte, deutscher Nachkriegsarchitektur, Fahrten in öffentlichen

Verkehrsmitteln, Herpes und – super! – dem Alterungsprozess bzw. Verfall im Allgemeinen.

Wichtig für von der Musikindustrie zusammengestellte Herbst-/Winterhit-Projekte ist natürlich der Name, der schon deutlich die Keule der Finsternis schwingen sollte. Den besten Bandnamen für eine Herbst-/Winter-Band gibt es leider schon: Apokalyptica, diese finnischen Metal-Cellisten. Schade. Ansonsten hätte ich spontan folgende niederschmetternden Namen zur Verfügung: Novemberschweine, Kahler Asten, Gefrierbrand, The Herbstschwadron, Schwarzwald, Glassarg (Debütalbum: selbstmord an fronleichnam), Übergangsjacke Alaska, Ödnis am Arsch des Februar, The Sorrys und The Kompost. Na ja, alle nicht so der Knaller, da muss man sich einfach mal in Ruhe hinsetzen und was ausknobeln. Soll ja auch erst mal nur eine Anregung sein. Ich will persönlich gar nicht in diesen Markt einsteigen. Trotzdem: Die obenstehenden Namen habe ich mir vorsorglich schon mal alle schützen lassen. Das Schützenlassen von Bandnamen kann ich mir nämlich sehr wohl als drittes Standbein neben Moderation und Kolumniererei vorstellen. Vollkommen jahreszeiten- und genreunabhängig habe ich mir daher auch diese Namen schützen lassen: Lametta, Holz (für eine besonders kopfige Hamburg-Band z.B.), Beatle Bernd, Papst Hitler, Duran Duran Duran Duran, Gott, Muckerjäger, Schorf (deutschsprachige Metalband), Erna und Berta (homosexuelles Hiphop-Duo o.ä.) und Das Untenrum-Orchester Hildesheim (erste Single: »Bringt mir den Kopf von Sarah Kuttner«, zweite Single: »Hosen voller Herbst«).

Ähnlich verhält es sich mit den unzähligen Hit-Rückblicken: die 316 tollsten One-Hit-Wonder mit den meisten Hits. Die 347 unterschwellig homophilsten Karnevals-Kracher. Die 30 tollsten Videos, bei denen im Hintergrund Typen mit unglaublichen Bärten durchs Bild latschen. Die

50 tollsten Videos, bei denen im Hintergrund jemand ein Marien-Toastbrot verzehrt. Allesamt kommentiert von Halbpromis, die man eigentlich gerade in irgendeinem Urwald wähnte, einen diskreten Ort der Erleichterung suchend. In diesen in zugigen Blueboxen lieblos runtergerotzten Null-Kommentaren (»konnte man gut zu tanzen«, »hat damit ja Musikgeschichte geschrieben«, »wenn man das gehört hat, war man bei der gesamten Klasse untendurch«) fährt einem die gesammelte Generation Doof mit zugenebeltem Rückspiegel jedes Mal mit Schmackes in die gute Laune rein.

Also: Boykottiert die nächste große TV-Gala zum Thema »Die 100 nervigsten Promi-Kommentare – kommentiert von noch nervigeren Prominenten«, ehret das heilige Brot und meidet Brote, die Bernd heißen und nerven wie Drahtseile.

Musikfreie Sonntage

Wer wird jetzt Pop-Beauftragter im Anti-Spaß-Ministerium?

Endlich! Deutschland ist das erste Fußball-begeisterte Land südlich von Schweden, dass von allen Ländern, in denen nicht SO VIELE gute Kinofilme gedreht werden, behaupten kann: Wir haben eine egal frisierte Ost-Karrieristin als Kanzlerersatz. Böse Gerüchte, die behaupteten, sie sei eine Frau, konnte Angela Merkel ja schnell vom Tisch fegen. Dafür hat sie aber jetzt den irgendwie glammig-verlebten Franz Müntefering an ihrer Seite, und der wirkt neben Angela Merkel nun wirklich wie eine wandelnde Damenhandtasche. Bevor es sonst noch jemand bemerkt: Angela Merkel ist auch der erste Kanzlerich, der im Wahlkampf sehr oft die – laut Dior – demnächst über uns schwappende Modefarbe »nude« getragen hat (nude = körperfarben). Nude, also eigentlich eine Nichtfarbe, die an die menschliche Haut erinnern soll (tatsächlich aber eher an Leberwurst gemahnt), wurde auf den Herbst-Modeschauen vor allem von Dior gepusht. Ziel ist es, den Körper und somit die Form wieder zum Zentrum der Modemacherei zu machen. Mit anderen Worten: Wir werden spätestens im nächsten Frühjahr alle aussehen wie extrem körperbetonte Leberwürste. Das führt wieder direkt zurück zu Angela Merkel und der Frage: Ist es politisch korrekt, der ersten Kanzlerin ihre Hängegesichtigkeit vorzuwerfen? Eine Frage, die definitiv mit einem ohrenbetäubenden »Ja«

beantwortet werden muss. Gerade weil sie eine Frau ist, hat sie ein Recht auf den gleichen unpfleglichen Umgang wie männliche Hängegesichter. Gleiche Gürtellinieuntergrenze für alle. Das sollte auch der Leitspruch der neuen Koalition werden: Wir müssen den Gürtel wieder tiefer hängen! Haken wir es also ab: Deutschland hat Grund, die emotionalen Korken knallen zu lassen. Wir sind Kanzlerin. Wir sind Frau. Deutschland hat Brüste.

Wer wird im neuen Regierungskabinett eigentlich jetzt Pop-Beauftragter, nachdem der hippe Indiecore-Kanzler Schröder ja dem Auskennertypen und Extrem-Clubber Kurt Beck diesen Quatschposten zugeschoben hatte? Ich glaube, man sollte jemandem von außen diesen Job geben, keinem Berufspolitiker. Klaus Meine scheidet aus, der ist zu eindeutig mit seiner Rolle als Vorsitzender der Schröderjugend belegt. Man muss sich das mal vorstellen: Klaus Meine macht das alles fast im Alleingang – Jeansjacken mit dem Schröder-Logo benähen, Aufkleber verschicken, Schröder-Fan-Treffen organisieren. Das schluckt schon alles enorm viel Zeit. Nein, Klaus Meine scheidet aus. Am besten wär's, die neue Regierung wählte einen Pop-Beauftragten, der durch diesen aufwendigen Job vom Musikmachen abgehalten wird. Moment – warum nicht eine Frau? Klar, vielen mag das unvorstellbar erscheinen: eine Frau als Popbeauftragte – wie sieht das denn aus??? Aber zumindest fiele mir hier direkt jemand ein: Nena. Nena, die im leberwurstfarbenen Regierungsoverall in schlecht beheizten Proberäumen junge Bands zum deutschen Gesang ermutigt – das könnte ich mir ganz erfreulich vorstellen.

So, jetzt aber genug der knallharten Polit-Analyse. Ab jetzt möge sich wieder der Mantel der Politikverdrossenheit über das Land legen. Als weiterer Trend steht übrigens für diesen Winter die Musikverdrossenheit an. Haben mir mehrere Wintertrendforscher exklusiv gesteckt, diese Info.

Die bei den Menschen zunehmende Musikverdrossenheit hat vor allem einen Grund: Musik ist überall. Und was noch schlimmer ist: Die immer gleiche Musik ist überall. Derjenige Leser, der es schafft, heute eine Coffee-to-go-Filiale zu betreten, in der nicht Norah Jones, Katie Melua, ein Soft-Jazz-Sampler oder Jack Johnson läuft, bekommt von mir eine Leberwurst to go. Wort drauf. Während in den Latte-Macchiato-Terrortempeln grundsätzlich immer nur die eben genannte Seelenumpuschelungsmusik läuft, wird man es genauso schwer haben, ein Tattoo-Studio zu betreten, in welchem man nicht kurzhosiger Nu-Metal-Musik ausgesetzt ist. Allein schon ein Austausch dieser beiden Musikfarben (also kurzhosiger Ziegenbart-Metal in Kaffeebuden und Norah-Jones-Gezirpe in Tattoohütten) könnte kurzfristig eine Linderung auf dem Gebiet der Musikverdrossenheit herbeiführen. Aber wahrscheinlich bin ich zu optimistisch, was die Lösung dieses Problems angeht. Vermutlich muss doch die Politik ran und einen musikfreien Sonntag o.ä. verhängen. Aus diesem Grund bin ich für die Einführung eines Anti-Spaß-Ministeriums. Den Ministerposten könnte Peter Struck kriegen – der sieht sehr Fun-feindlich aus und ist außerdem von allen deutschen Politikern derjenige, der schon immer am meisten nach Leberwurst (= nude) aussah.

Kleine Jahresbilanz

Bester Toilettenspruch,
schlimmster Modetrend,
Randgruppe des Jahres

Das Jahr neigt sich, und die Tage werden kürzer. Wenn ich diese Zeilen hier in die Tastatur meißele, hat sich soeben der diesige Novembertag um 15 Uhr dazu entschlossen, Feierabend zu machen. Beziehungsweise zum Abend zu werden (ohne Feier). Ich möchte die besinnliche Stimmung daher zu einer kleinen Jahresbilanz der Firma Kuttner Unlimited Ltd. nutzen. Grundsätzlich war es ein erfolgreiches Jahr, was nicht zuletzt daran liegt, dass ich mir massive Aktienanteile am florierenden Leitkultur-Betrieb Aggro Berlin gesichert habe. Mittlerweile gehört mir der Laden fast zur Hälfte. Noch ein, zwei Aggro-Aktien, und ich kann den Betrieb endlich in eine Vertriebsfirma für bedruckte Topflappen umwandeln und richtig absahnen.

Aber auch sonst war es ein tolles Jahr, und bevor ich 47-mal danach gefragt werde, welches meine Lieblings-B-Seite 2005 war, gibt es im Folgenden – zum Abschreiben – einen handlichen Sarah-Kuttner-Jahresrückblicks-Allrounder in schnittiger Fragebogen-Darreichung. Und zwar … HIER:

1. Lieblingssong, für den ich mich immer wieder rechtfertigen musste: Tokio Hotel – »Durch den Monsun«. Jawohl. Und ich rede hier keineswegs von einem »peinlichsten Lieblingssong« (eine Kategorie, die ich hier mal als äußerst verklemmt ächten möchte). – 2. Wichtigste neu

gewonnene Erkenntnis: Dachgeschosswohnungen sind im Sommer sehr, sehr warm und im Winter sehr, sehr kalt. – 3. Bester Oasis-Tribute-Moment: Schröder behauptet, weiterhin Kanzler zu sein, obwohl alles dagegen spricht. – 4. Anstrengendster Gast in meiner Sendung: eine Feng-Shui-Beraterin, der während der Sendung das innere Kopf-Feng-Shui abhanden geriet und die als Folge dessen in der Sendung Amok lief. – 5. Bester Toilettenspruch auf einem öffentlichen Damen-WC: »Auch Hackepeter wird Kacke später.« – 6. Bestes Album: Moneybrother – »To Die Alone«. Doch, immer noch, auch wenn's mir vorkommt, als sei sie schon vor 12 Jahren erschienen. – 7. Wichtigste neu erworbene Tugend: Nachdem ich mich jahrelang vor Fußstrecken, die 0,3 km überschreiten, gedrückt habe, bin ich seit kurzem begeisterter Herbstspaziergänger und latsche als solcher voll begeisterter Melancholie durch das Laub des Lebens. – 8. Schlimmster Modetrend: Keilabsätze und Mokassinstiefel. Vor allem als Kombi wie z. B. von Günther Jauch getragen – schrecklich. – 9. Lieblingssong, für den ich mich nicht rechtfertigen musste: The Decemberists – »We Both Go Down Together«. – 10. Lieblingszitat: »Ich sag immer: keine Pasta ohne Sauce« (Steffi Graf in der GALA). – 11. Unsympath des Jahres: Madonna. Sie mag ja von mir aus gerne die Erfinderin der 80er Jahre, des selbst verwalteten Produkt Popstars und des kabellosen Staubsaugers sein – ich finde die Frau trotzdem sagenhaft unsympathisch. Sogar wenn sie öffentlich aus Kinderbüchern vorliest. Und das muss man erst mal schaffen. Ich glaube, der Hauptdarsteller aus »Die Camper« z.B. würde, selbst wenn er die Sido-Maske trüge, beim Kinderbuchvorlesen sympathisch aussehen. Madonna aber nicht. – 12. Bester Special Effect: das Computerprogramm, mittels dessen man Angela Merkel für ihre Wahlplakate um 30 Jahre verjüngte und ihr die miesepetrige Karrieristenfresse wegretouchierte. – 13. Größtes TV-Ereignis: »Sarah & Marc in Love« sowie die Indie-Variante des Ganzen, »Durch die Nacht mit … Adam Green & Carl Barat« (ARTE). – 14. Randgruppe des Jahres: Hühner bzw. Vögel im Allgemeinen – 15. Musikexpress-Mitarbeiter mit der erotischsten Telefonstimme: Albert Koch – 16. Schönste Behauptung eines Kuttner-Mitarbeiters: »Scheiße, ich glaub, ich hab das Internet gelöscht.« – 17. Lieblingsessen: Hackepeter an Mokassinstiefel. Ich wünsche guten Appetit und ein erfülltes Jahr 2006.

Die Kolumnen im ersten Teil dieses Buchs erschienen erstmals in der *Süddeutschen Zeitung* zwischen dem 6. 12. 2004 und dem 12. 12. 2005.

Die Kolumnen im zweiten Teil erschienen erstmals im *Musikexpress* zwischen November 2004 und Dezember 2005.

Die Collagen in diesem Buch stammen von Peter Pannes.

Vielen Dank an die *Süddeutsche* und den *Musikexpress*, dafür dass sie mir dies hier zugetraut haben und mich einfach haben machen lassen.

Für enorme Geduld, Liebe und Freundschaft danke ich wirklich und überschwänglichst sehr: Ansa, Benjamin, Jana, Poppi und Robert, außerdem meiner zauberhaften, aber merkwürdigen Redaktion und meiner nicht weniger zauberhaften und merkwürdigen Familie.
So schön, dass es euch alle gibt!

Inhalt

Die SZ-Kolumnen

Die Musikexpress-Kolumnen